アルテミトス侯爵
カナリア公爵
ゲルマニス公爵
登場人物紹介
CHARACTERS
KASHIN NI MEGUMARETA TENSEIKIZOKU NO SHIAWASE NA NICHIJOU

学者　エリクス
召喚獣　ミケ
暗殺者　クーデル

マジカルストライカー　エイミー
伯爵家当主　レックス・ヘッセリンク
暗殺者　クーデル
暗殺者　メアリ

家臣に恵まれた転生貴族の幸せな日常 2

KASHIN NI MEGUMARETA TENSEIKIZOKU NO SHIAWASE NA NICHIJOU

目次

間章
転生貴族とお友達
007

第一章
転生貴族と採用活動
033

間章
ある侯爵家嫡男の日常
097

第二章
転生貴族と悪だくみ
103

間章
エスパール伯へのお手紙
123

第三章
転生貴族と十貴院
127

間章
ゲルマニスとカナリアとアルテミトス
197

第四章
転生貴族と侵入者
201

間章
常識人達
269

家臣に恵まれた
＼転生貴族の／
幸せな日常

KASHIN NI
MEGUMARETA
TENSEIKIZOKU NO
SHIAWASE NA
NICHIJOU

間章　転生貴族とお友達

話は結婚式の前に遡る。

式を三日後に控え、続々と参列者がやってくるなか、僕の友人達《たち》もオーレナングに到着した。

男臭い男前、アカデミックな男前、完璧な男前という、少女漫画の世界でも十分通用すると思われる男前トリオだ。

「久しぶりだな、レックス！　まさかお前が結婚とは。しかも相手は噂《うわさ》に聞くカニルーニャの隠し姫だ。驚かせてくれるじゃないか。いやあ、なんにしてもめでたい！」

男臭い男前が豪快に笑いながら僕の肩を叩《たた》いた時、コマンドの声が頭の中に響く。

【サウスフィールド子爵家ミック様。レックス様が学生時代から親交を結ぶ数少ないご友人の一人です。サウスフィールドは国内有数の武の名門。戦場で数々の武勲を立て『戦争屋』と呼ばれながら、殺《あや》めた敵の鎮魂を理由に陞爵《しょうしゃく》を固辞し続ける堅物貴族として有名です】

戦争屋と呼ばれる家系の嫡男だけあってガタイがいい。太いというか、分厚いだな。

黒髪を短く刈り上げた豪快な体育会系の兄ちゃんだ。

【ミック様は生来の面倒見の良さと幼少の頃から鍛えに鍛えた武術をもって学生時代には派閥の長《おさ》

として君臨されていたのですが、どこかの魔人様に敗れたあとは派閥ごとその軍門に降りました】

どこの魔人様だろうね。酷《ひど》い奴《やつ》もいたものだ。

「声が大きいぞミック。まあ、驚いたのは私も同じだが。レックスのことだから慶事の誘いに見せかけたなんらかの暗号だと勘ぐった結果、二日ほど無駄に時間を使ってしまった」

そう言って笑うのは、銀縁丸眼鏡《めがね》に明るい茶色の癖っ毛が特徴のロンフレンド男爵家のブレイブ。

【ロンフレンドはサウスフィールドとは対照的に文の家系で、アルテミトス侯爵家の遠縁に当たります】

先日諍《いさか》いのあったアルテミトス侯爵家の当主を思い出す。あの家は今の当主が異端なだけで、元々は文官寄りの家だったたって言ってたよね。

ブレイブも見た目は文官系なのに身体《からだ》がっしりしてるのは、当代アルテミトス侯の影響かもしれない。

【家は小さいながらも幼少期からの徹底した教育により男子はことごとくが王城勤務の文官として活躍。そうでない少数は特に請われて上級貴族家に招かれるなど、国になくてはならない貴族と言えるでしょう】

それなのに男爵なんだな。もっと出世してそうなものだけど、やっぱり武門の方が出世しやすいのか？

【こちらはこちらで、戦場で役に立たないことを理由に自ら男爵に留《とど》まっていますね。まあ、サウ

スフィールドにしてもロンフレンドにしても、それがカッコいいという思いを受け継いでいるのでしょう】

確かにカッコいいけどね。譲れないものがあるってとこが一本芯が通ってて憧れる。

【ブレイブ様も例に漏れず学者肌の文官タイプです。学生時代は群れず一匹狼《いっぴきおおかみ》的な存在でしたが、どこかの魔人様に目をつけられ、気付いたら魔人の頭脳と呼ばれる存在になっていました】

なんか、申し訳ないな。群れないタイプを抱き込んだなんて本当に仲良いのかブレイブ君と。表面上ニコニコしてるけど実は裏で悪口言われてるとかだったらショックだよ？

【ブレイブ様も好き好んで一匹狼を気取っていたわけではなく、ただただシャイなだけだったとか。魔人派のNo.3となったことでその性格も矯正され、結果今の婚約者とも出会えたと閣下に感謝されているようです】

そう、ブレイブはNo.3。

じゃあNo.2はミック？　いえいえ、彼はNo.4なんだそうな。

では、その魔人派とやらのNo.2は誰なのか。

「ありえなくない？　仕事の調整も間に合って無事にここまで来れたから良しとするけど。大体あんたはいつもいつも展開が早すぎるのよ。学生の時あれだけよく考えて行動しなさいって口を酸っぱくして言ってたのに、まだ本能の赴くままに生きてるみたいね」

正解は、このクリスウッド公爵家リスチャード。

金髪長髪碧眼《へきがん》色白。長身痩軀《そうく》のまさに完全無欠の色男だ。

黙ってれば一流モデル、喋《しゃべ》るとおねえ。

公爵家嫡男なうえ、その総合力の高さで成績は主席だったのに、なぜかレックス・ヘッセリンクの右腕的存在だったらしい、変人。

この派閥。No.1とNo.2の家格にはっきり捻《ねじ》れが発生してるんだよね。

当時何も揉《も》めなかったとは思えない。

【教師陣のなかでも生徒の間でも揉めに揉めたようです。子供の関係だとはいえ、そこは貴族。伯爵の下に公爵が座ることが許されるのかと。もちろん大っぴらに順番をつけたわけではないのですが、魔人派と呼ばれていることからもレックス様がその長《おさ》だと認められているわけですから】

そもそも魔人派って名前が悪意の塊だけど、まあいいか。説明を続けてください。

【そんななか、問題が大きくなりもう少しで破裂するぞというタイミングでリスチャード様がお家を通じて声明を出されました。私達は誰が上だとか下だとかそんな関係ではないと。親しい友人であり、仲間だと。魔人派などという呼び名は外野が勝手に呼んでいるだけであり、そんなものは存在しないと。文句があるならクリスウッド公爵家が相手になると。まあ、最後は半分権力を使った脅しでしたが、表立ってのゴタゴタは沈静化しました】

流石《さすが》は貴族最高位の公爵家。権力を振りかざすことに躊躇《ためら》いがない感じが素敵。

【ちなみに、ミック様、ブレイブ様、リスチャード様の中で一番レックス様を慕っているのはリスチャード様です。メアリの所属していた闇蛇を壊滅させたお話ですが、その壊滅にかかる情報収集に最も積極的だったのがリスチャード様です。レックスのためなら勘当されても構わないと、自らレックス様とともに本拠に乗り込むなど獅子奮迅《ししふんじん》のご活躍でした】

ああ！　コマンドの言ってた唯一無二の親友ってリスチャードのことなのか。

良かった、一方的に親友だと思い込んでるわけじゃなくて。あと、ろくでもない奴だろうとか思ってすまない。

【顔よし、スタイルよし、性格よし、声よし、成績よし。天はリスチャード様に五物を与えています】

なんでそんな完璧超人が僕の下についていて、なおかつ好かれていたのか不思議に思っていると、ブレイブが肩をすくめながら言う。

「まあ、仕方ないさ。それがレックス・ヘッセリンクだ。注意深く慎重で、行動に移す前にいちいち熟考を重ねるようになっては、それはもう我らが首領、魔人殿ではないだろう」

これにはリスチャードも軽く頷《うなず》いて同意を示した。

「それもそうね。あ、そうだ。さっきご挨拶してくれたユミカお嬢ちゃんだけど、お持ち帰り可能かしら。大丈夫、変なことはしないわ。執務室に置いておいて疲れた時にお話しするだけよ」

お、戦争か？　悪いけどうちは強いぞ。ユミカのためなら公爵領を消し炭にすることも辞さない。

「ユミカが欲しければ僕とオドルスキとジャンジャックを倒してからにしてもらおうか」

「ほぼ不可能じゃない。なにその面子《メンツ》。だいたいあんた一人でも世界征服に王手かけられる力持ってるのにどんだけ過剰戦力よ。それにさっきからそこに控えてるメイド。あんたあれでしょ？　闇蛇の生き残り」

あ、バレた。メイドモードのメアリの擬態は完璧だったけど、完璧超人リスチャードの目は誤魔《ごま》化《か》せなかったらしい。

「な!?」

ミックは完全に騙《だま》せてたっぽいけど。声もリアクションもでかいな。

ブレイブはリアクションこそ控えめだったけど、やはり驚きを隠せないようだ。

「ほう、彼女、じゃない彼がそうなのか。どう見ても美しい少女だが……なるほど、言われてみれば気配がなさすぎるな。見事なものだ」

「バレては仕方ない。彼はメアリ。リスチャードの言うとおり、過去にみんなに協力してもらって壊滅させた、暗殺者組織闇蛇の生き残りだ。今日はその時の礼を言いたいと強く希望したので給仕がてら同席を許した」

意外と律儀なメアリは彼らが来るのを知った時からこの機会を狙ってたらしい。

彼なりのけじめなのかイリナにフルメイクを施してもらい、アリスに髪も結ってもらっている。

今日の貴方《あなた》、すごく綺麗《きれい》よ？

「あら、そうなの。でも、別に礼なんかいいわよ。他の二人は知らないけどあたしはあたしでそうする理由があっただけだし」

「私やミックも真偽が定かではない情報を集めて渡しただけで、感謝されるほどのことはしていない。感謝したいなら受け取るが、まあそういうことだ」

「はあ……この見てくれで男なのか。もったいないことだ。これに狙われたら確実に騙される自信があるな。メアリと言ったか。レックスを頼むぞ。なんせこいつは敵が多い。これからも守ってやってくれ」

男前達は、中身も男前ときた。あー、世の中不公平。

「伯爵様、お話ししても？」

そう聞くメアリにもちろん首を縦に振る。

伯爵様なんて呼ばれ慣れてないから反応が遅れたのは内緒だ。

「皆様、ヘッセリンク伯爵家で主《あるじ》の従者を務めております、メアリと申します。皆様には、主が闇蛇を壊滅させるためにひとかたならぬご協力をいただいたと伺っております。組織がなくなったことで、罪のない子供が攫《さら》われ、望まぬ暗殺稼業に手を染めることもなくなったはず。攫われて暗殺者となった身とし、皆様に、御礼申し上げます」

美しいカーテシー。

メアリが全てを背負う必要はないと思うけど、もしかしたらこれで一つ区切りをつけられたのかもしれない。

それなら止めるのも野暮《やぼ》だろう。

リスチャードもそれはわかってるみたいだけど、あくまでも面倒臭そうな態度で手を振る。

「いいってば。湿っぽいのはなしよ。さっきも言ったけどあたしにもメリットがあったの。なんたって、あたしは親戚一同からの受けが良くないから。いつ闇蛇の暗殺者を差し向けられるかわかったものじゃなかったわ。あたし自身が安心して眠れるように、必要だから手を貸した。それだけよ」

「まったく、リスチャードは素直じゃない。私達の中で一番子供が好きなのは君だし、レックスに話を聞いて一番に助力を申し出たのは君だったじゃないか」

「確かに。レックスが求めたのは情報だけだというのに、勘当上等とばかりに闇蛇の本拠地まで乗り込んで暴れたのはどこの誰だ。お陰でこっちは気が気じゃなかったぞ」

せっかくリスチャードがカッコつけたのにすぐばらすー。最低だなお前ら。

リスチャード、顔真っ赤だぞ？　もっとやれ。

「うるさいうるさい！　いいのよ細かいことは。メアリ。そういうことだからこの話は終わりよ。いいわね？　あとあたしの口調は気にしないでいいから。そういうものだと思いなさい」

照れ隠しなのか大きな声を出すリスチャードを指差しながら爆笑するミック。

ブレイブも爆笑はしないまでも噴き出してるな。

メアリもこれ以上頭を下げ続けるのは野暮だと感じたのか、頭を上げてニッコリ笑ってみせる。

「かしこまりました。私も魔人レックス・ヘッセリンクに仕える者。そのようなことでいちいち驚きはいたしません。どうか、ごゆるりとお過ごしください」

「ふふっ。いいわね。ねえレックス。メアリとユミカ、二人とも連れて帰りたいんだけど」

「増やすな。可愛《かわい》い弟分をやるわけないだろう。メアリ、この男に何かされそうになったら一思いに殺《や》れ。僕が許す」

「酷くない!?」

「当然だ。メアリ、マハダビキアに言って何かつまむものを。あと、軽めの酒を頼む」

「かしこまりました」

結局いつもの柄の悪いメアリは一切顔を見せなかったな。それだけ真剣だったんだろう。

部屋を出て行くメアリを見送りながらブレイブが眼鏡のブリッジを持ち上げる。

何か言いたいことがあるのかね。

「闇蛇か。そういえば、アルテミトスと揉めたと聞いたが、そちらは問題ないのか。十貴院同士のいざこざだと噂が広まっているぞ」

火のないところに煙はたたないか。

まあ、その件については危うく大火事になるところだったんだけどね。あわやのところで鎮火した案件だ。

「問題ない。ただのボタンの掛け違いだったからな。既に誤解は解けたし、僕の後援者として式にも参列していただく」

多少のいざこざはあったけど、無事にそれを乗り越えた。

ただ、ブレイブ的には意味不明だったらしく眉間に皺《しわ》を寄せて首を振っている。

「何が何やら。本能のままに動いてる割には痛い目に遭う頻度が少ない。そこがレックスのすごいところだな。見習いたいが、やめておこう」

「そうしなさい。あーあ、あたしも結婚しようかしら。どこかにありのままのあたしを愛してくれる懐の深い女はいないかしらね」

家柄も人柄も顔もいいなら引く手数多《あまた》だろうに。たくさん候補がいて選べない感じ？

「見合い話の数だけなら私達世代でリスチャードに敵《かな》うものはいないだろう。まあ、質は推して知るべしだがな」

「腐ってもクリスウッドってね。今のうちに群がってくるのなんて家柄しか見てないパッパラパーばかりよ」

それは、心中お察しする。やっぱり貴族といえども愛は大事だよな。

愛を叫ぶ系貴族としては、親友達に愛のない結婚をしてほしくない。

「はあ、本当にユミカお嬢ちゃんが成長するまで待とうかしら。あの天使となら御家再興も夢じゃないわ」

話が変わった。愛を知らないまま生涯を閉じる覚悟はできたか？

「よろしい、戦争だ」

「あら、本気のあたしを殺すのは大変よ？」

しかし、敵もさるもの。歯を剝《む》き出《だ》し、好戦的な笑みを浮かべてこちらを威嚇してくる。その表情で男前はほぼ反則だ。

「やめろやめろ。まだ酒も入ってないのに戯《じゃ》れるんじゃない。まったく相変わらず仲のいいことだ」

ゼロ距離で顔を突き合わせる僕らを強引に引き剝がすミック。

痛い痛い！　この馬鹿力！

「そういえば、王太子殿下は式の三日前にオーレナングに入ると聞いたが、そちらの対応は？」

「ああ。見てのとおり我が家はなぜか無駄に収容可能人数が破格だからな。一部野営を求めることは伝えているが、一行の大半を屋敷に収容できるさ」

「そこじゃない。わざわざ式への参加を希望してきたんだろう？　何を企《たくら》んでいるのやら」

あ、そっち？

「そこに関しては考えても仕方ないというのが結論だな。国王陛下は王太子殿下がこのオーレナングを訪問することを禁じているらしいから、案外ここに来る口実にしているだけではないかと思っているよ」

「……まさか。ねえ？」

むしろそれ以外うちに来る理由があれば本当に教えてほしいよね。

「否定したいが、その材料が見当たらないな。あの方ならありえる。普段は穏やかな方なのだが、国中を見て回ることに命を懸けているからな」

「それならそれで構わないんだが、悲しいかなここには見ていただくものなどない。魔獣を見たいと言われた場合は、まあ近衛に頑張っていただこう」


その男、レックス・ヘッセリンクとの出会いは王立学院の中等部に通っていた頃だ。お互い十二、三歳だったか。

子爵家という貴族としては高いとは言えない家格。それでもサウスフィールドという家名はただの子爵家の枠に留まらない。

戦争屋サウスフィールド。

畏怖と侮蔑が混じり合った、我が家に付けられた二つ名が俺は好きだ。

いずれ戦争屋の名を継ぐのだと幼い頃から鍛えに鍛えた。

それと並行し、父や祖父から学んだのは部下への対応。

それは褒める、叱るはもちろん、戦場で必要な目配り気配りまで多岐にわたった。それこそ幼い頃は意味不明で、俺だけ強ければいいと思っていたからな。

だが、我が家の特性として部下の人心掌握に長《た》けていなければ話にならない。父も祖父もそうだったように、俺も物心ついた頃には周りに将来的に部下となるだろう大勢の人々がいた。

基本的には同世代。中には十近く歳上《としうえ》もいた。平民ながら歴代我が家に仕えている家の子供で、今も俺に仕えてくれている最も古参《こさん》の部下の一人だ。

話が逸《そ》れたな。レックスの話だ。

学院に入ったばかりの俺はそれまで学んだ全てを活《い》かしてすぐにクラスの大半を掌握した。

掌握できなかったのは、ロンフレンド男爵家のブレイブ、ヘッセリンク伯爵家のレックス、クリスウッド公爵家のリスチャードの三人。

それまで俺もそれなりにできるつもりでいたし、実際神童扱いも受けていたので自信満々で入学したものだ。

半年も経《た》たないうちに上手《うま》く立場を確立することもできたし、さあここからだという時に目の上のたんこぶだったのが、今では親友と呼べるこの三人だ。

筆記の成績は常にブレイブ、リスチャード、レックス、俺の順番。

信じられるか？　中等部、高等部を通じて一度たりとも変動なしだ。

実技は、魔法でリスチャードとレックスが首位争いをし、俺とブレイブが続いた。

確か最終的にはレックスが勝ち越したのではなかったかな？

体術では、俺が首位を死守したが、リスチャードとは紙一重で、レックスとブレイブはそこまで振るわずだったな。

心のどこかで全ての面において首位を取れると思っていた俺は衝撃を受けた。

上には上がいる。言葉は知っていたがその意味はこの時初めて知った次第だ。

だが、それが良かったのだろう。俺は更なる高みを目指すべく、三人に積極的に近づくようになった。

その頃にはサウスフィールド軍と揶揄《やゆ》される規模の集団の頂点にいたが、そんなものは関係なくミック・サウスフィールド個人として教えを乞うつもりで食らいついた。

そうして理解したのは、最も敵に回してはいけないのが公爵家のリスチャードではなく、伯爵家の嫡男レックスだということ。

もちろん俺も小なりとはいえ貴族の生まれ。しかも武の名門サウスフィールドの男だ。ヘッセリンク伯爵家の領地であるオーレナングついての予備知識は持っていたし、その家の男達が代々魔人と呼ばれていることも話としては聞いていた。

だが、聞くのと見るのでは大違い。さらに、見るのと関わることの違いはその比ではない。

ブレイブやリスチャードと何度話し合いの場を設けただろうか。

レックスの全容が、全く見えなかったのだ。

魔人と呼ばれるレックスと関われば関わるほど、その男が何者なのかという疑問から遠ざかっていく気がして、おかしいのは俺なのかと自問自答したのが懐かしい。

結局、ただ自分に正直なだけのいいカッコしいだと結論付けて三人で頭を抱えたのだが、今では案外それが正解な気がしている。

我が青春はレックスとともにあった。それこそ卒業後もなにかと騒動に好かれるレックスのために伝手《つて》を使ったことも数えきれないが、悪い結果になったことなどない。

それどころか、あのレックス・ヘッセリンクに物怖《ものお》じせず意見し、そのうえで最良の結果に導いたのだと見たこともない大貴族に称賛されることすらあった。

その度に違うのだと叫びたかったが、レックスは称賛されるのはタダなのだから受けておけばいいと笑う。

奴の真価に気付いているのは、俺、リスチャード、ブレイブだけだ。

理解者を増やす努力が必要だと助言しても聞き入れないので、折に触れて同世代の次期貴族家当主達には奴のことを伝えているが成果は芳《かんば》しくない。

それもこれもレックスがこちらの苦労も知らずに暴れ回るからだ。

最近も俄《にわ》かにヘッセリンク伯爵家に戦の気配ありと報告を受けた。

なんでも鏖殺《おうさつ》将軍と名高いヘッセリンク家の執事、ジャンジャックが馬を次々に潰しながら鬼の形相で駆けているらしい。

もちろん父からは静観するよう厳しく申しつけられたが、幼い頃からの腹心の部下達がいつでも発《た》てる準備を進めてくれた。

強制などしていない。だが、レックスのために動かないのは俺ではないだろうと叱られる始末。

そうだ、闇蛇などという親世代も避けて通る非合法組織を潰す際、俺は何も有用な手助けができなかった。

それに比べてリスチャードの奴はどうだ？　勘当するならしろと公爵様に啖呵《たんか》を切って、レックスとともに敵本拠地まで乗り込んだらしいじゃないか。

俺はなんと弱かったことだろう。

だから今回はと意気込んでいたところ、何も起きない。

いや、内戦など起きない方がいいのだが、肩透かしを食らったみたいだ。

その後アルテミトスと一悶着《ひともんちゃく》起こしたらしいが、それも俄かに噂が流れただけでこれといった続報がない。

やきもきしながら情報収集を続けていたそんなある日、ヘッセリンク家から書簡が届いた。間違いなくレックスの字と印で俺個人宛て。

「ミック様、レックス様から書簡が届いたとか」

部下の中でも古参の者達が続々と部屋に集まってきた。

俺が集めたからだ。筆無精なレックスがわざわざ俺宛てに書簡を送ってくるなど、最近の流れから戦の助力を求める内容だと思うではないか。

「レックス様を救うためにともに来いと、我らに命じてください。なあに、子爵様や親父《おやじ》達に雷を落とされるくらい、慣れたものです。なあみんな！」

明るく笑う部下達。あの魔人レックス・ヘッセリンクが助力を求めるほどの相手に死ぬ覚悟すらしている雰囲気だ。

しかし、言い出せるか？

実は結婚式の案内だったなどと言えるか!?

くそっ、恨むぞレックス。

式では新婦にお前の過去の失敗を全てぶちまけてやるからな!!


私はリスチャード・クリスウッド。

クリスウッド公爵家の嫡男として、日々政務についての知識を蓄えつつ、有事の際に即応できるよう心身の鍛錬にも励んでいる。

近しい人々や貴族界隈《かいわい》からはクリスウッドの麒麟児《きりんじ》と呼ばれることがある。

面映《おもは》ゆいが、幼い頃からの努力が周囲に認められた結果だと思うと心地よくもある。

文武に加え、人の心の機微にも心を砕くよう躾《しつ》けられたことは、今となっては私の大きな糧となり、生きる上での太い背骨となって私を支えてくれている。

一方で私を知らない人間には鉄仮面だの無笑公《むしょうこう》だのと言われるが、別に感情がないわけでもなく、次期公爵として気を引き締めている……。

って、やめたやめた！　あー肩がこって嫌になっちゃう。

どーも、リスチャードでーす。

クリスウッドの次期当主としてあれはするなこれはするなって言われながら生きてきて、もう疲《ひ》労困憊《ろうこんぱい》よ！

まあ、あたしも？　根は真面目な質《たち》だから周りの期待に応えるために必死こいて努力してきたわけ。

その結果がさっきのクリスウッドの麒麟児ね。

でもさ、あたしは別に天才型じゃなくて秀才型なの。

麒麟児ってなんだか万能の天才みたいな響きがあってそんなに好きじゃないわ。

で、努力努力努力の幼少期を過ごして、王立学院の中等部に進学が決まったらやれ公爵家の面子だの矜持《きょうじ》だのとまあ口うるさいこと。

知るか！　そんなものばかり並べ立てて外側固めて中身が空っぽの張り子の虎だから公爵家なのに十貴院からも除名されたんじゃないの。

十貴院からの除名はまあ定期的にあるわよ？　でも、公爵家が外れるなんて前代未聞の醜聞。

元十貴院なんて、それって今はただの貴族ってことでしょうが。

それをいつまでも昔を懐かしんであの頃は良かっただのなんだのと、本当に恥を知れと叱り飛ばしたい気分。

なんの話だったかしら？

そうそう学院に入った頃の話よね。

その時はあたしもこんな喋り方してなかったわよ？　いや、心の中にもう一人のあたしとして潜んではいたけど、外に出すなんてとんでもない。

あー、またあたしを公爵様の息子としてしか見てくれない奴らと息の詰まる生活が始まるのかと鬱々としてたわけ。

でもね？　出会ったのよ。

あたしが求めていた生涯をともにしたいと思える友人達に！　神はいたのね。

「リスチャード殿、そんな死んだような顔で生きていて辛《つら》くはないのか。違うな。貴方の本性はそれではない。僕にはわかるぞ。僕は魔人の家系に生まれたから許されているが、貴方は、公爵家という歪《ゆが》みを許されない狭い箱のなかに生まれ生きてきた。さぞ、苦しかっただろう。大丈夫だ。僕の前では無理をしなくていい。貴方が望むなら僕は腹心の友になろう」

忘れもしない、十三歳だったわ。

おべっかしか言わない級友から距離を取って、なにか意見を求められてもそれで構わない、好きにしろしか口にしない生活に、自分自身辟易《へきえき》してた時、魔人レックス・ヘッセリンクがいきなりそう言ってきたわ。

あの頃、レックスのこと嫌いだったわあ。

なにが嫌いって、あたしがこんだけ我慢して過ごしてるのに、自由気ままに振る舞って許されてたことよ。

魔人の家系だから。ヘッセリンク伯爵家は仕方ない。

許されてるっていうより諦められてるの方が正しいかもしれないけど、とにかく羨ましくて妬ましかった。

筆記と体術はあたしの勝ちだったけど、魔法は最終的に負け越した。召喚獣とかずるくない？

しかも複数体召喚とか、実家の魔術師に聞いたら普通なら脳の神経焼き切れるって言うじゃない。

しかも馬鹿みたいな魔力量で属性魔法も使ってくるんだから。

自由に振る舞うことを許された天才。

そんな絶対に認めたくない相手が憐《あわ》れんだ目で見てきたのよ！

なにこいつ、馬鹿にしてんの？

そう思ったけど、まああたしも子供だったから、不意打ちで核心突かれて動揺しちゃったわけ。

で、気付いたら号泣。弱かったわあ。ギリギリで耐えてた堰《せき》が崩壊して止められなかったの。

そりゃあ教室中パニックよ。

レックスはミックとブレイブに取り押さえられてるし、他の級友は遠巻きに泣いてるあたしを眺めるだけ。

ミックとブレイブについては認識してたわよ？

一人は筆記、一人は体術で一度も勝ててない相手だったし、レックスと親しそうにしてるのも見かけたことがあったし。

あと、ミックはある時からやたらと絡んでくるようになったから多少話をする間柄だったわ。なにがあったのか教師達に聞かれたけど、本当のことを言っても信じてもらえなかった。友達になろうと言われて号泣するなんておかしいものね。

最終的にはお優しい公爵家嫡男が自由奔放な伯爵家嫡男を庇《かば》い、許して差し上げたという結論に達したようで騒動は幕を下ろした。

流石にそれはないと訴えたけど、あたしの評判が良すぎたのと、レックスの評判が悪すぎたせいで取り合ってもらえず。悔しかったわ。

「気にしないでくれ。僕はヘッセリンクだからな。こういう扱いに慣れないといけないんだ。父からはそれでいいと褒められたよ。こういうところがズレてると言われるんだろうな、我が家は」

気が済まなかったあたしが二人きりになったのを見計らって頭を下げた時の反応がこれ。

全部わかってやってるのよ、あの男は。

「貴殿は、それでいいのか？　貴殿なら魔人と呼ばれる負の連鎖から逃れられるのではないか？」

「あっはっは！　負の連鎖、負の連鎖か。リスチャード殿、それは違う。いや、外から見ればそうなのかもしれないが、僕達ヘッセリンクの人間は脈々と受け継がれてきたこの連鎖こそ強さだと思っているんだ。だから、僕もその道を歩んでみせる。それこそが僕の使命だ」

真《ま》っ直《す》ぐな瞳。嘘《うそ》はないと直感でわかったわ。

そして、あたしがずっと嘘をついて生きてきたことにもようやく気付いた。

いえ、そのことに気付かないふりをしていたことを認めたのよね。

「レックス殿。いや、レックスと呼んでも？」

「もちろんだ」

「先日、貴殿は私の腹心の友になろうと言ってくれた。貴殿といれば、もしかしたら私も本当の自分を曝《さら》け出すことができるかもしれない。その手助けを、してくれないか」

「喜んでお手伝いしよう！　いやあ、今日はいい日だ。素晴《すば》らしい友人が増えた祝いに食事を一緒に摂《と》ろう。サウスフィールドのミックとロンフレンドのブレイブも同席させても構わないかな？彼らともきっと仲良くなれる」

親しげに肩を抱いて笑うレックスに心の根雪を溶かされる気分だったわ。

あ、大丈夫よあたし、言葉がこんなんなだけで無類の女好きだから。

レックス達に抱いてるのは友愛。

そうそう、レックスがあたしに言った腹心の友がどうこうって長台詞《ぜりふ》。

あれ、単純に友達になりませんか？　って言いたかったらしいのよ。わかりづらいったらありゃしない。

まあ、そのおかげであたしはあたしになれたし、レックスだけじゃなくてミックやブレイブとも仲良くなれたんだけどさ。

「リスチャード様。よろしいでしょうか？」

コンコンとドアをノックする音とともに入室伺いが聞こえた。

普通なら口調と表情を整えて待機だけど、聞こえてきた声はあたしの本性を知る友人のものなのでこのままで迎え入れる。

「ブレイブです。入ります。……あまりうるさく言いたくありませんが、家ではしゃんとなさい。君を白皙《はくせき》の貴公子と呼び、憧れているメイド達が失望しますよ？」

ロンフレンド男爵家のブレイブ。

数少ない友人の一人は学院卒業後、我が家に仕官した。

三男で家を継ぐことができない彼はその優秀さから王城へ勤務するだろうと言われていたけど、強引に引っ張らせてもらったの。

ブレイブも仕方ありませんねと苦笑いしつつ我が家への仕官を承諾してくれたわ。

これで家でも素が出せる相手を確保できたし、あたしが当主になった時の心強い味方ができたって心から安堵《あんど》したものよ。

「外側だけ見て憧れるようじゃ、うちのメイドもまだまだね。それで？　なにかあった？」

「レックスから書簡が届いた。君と私宛てだ」

最近では一番という動きで書簡を引ったくったわ。

ナイフを使うのももどかしくて封をされた部分を破って捨てる。

「まったく。レックスが絡むと獣のようだな君は。落ち着け」

「うるさいわね。あんたこそ冷静ぶってるけど本当は昂《たかぶ》ってるんでしょ？　ブレイブがレックス大好きだって、あたしやミックにはバレてるんだからね」

短くも不毛なやりとりの末、書簡に目を通す。

次はどこの非合法組織を潰すつもりかと不安と興奮で胸を高鳴らせながら読んだ中身は、結婚式のご案内。

「ねえ、ブレイブ。何かの暗号かしら？」

「私もその可能性に思い当たって二日間何度も読み返したが、それらしき規則性は認められなかった。これは、本物の結婚式への招待状で間違いないだろう」

まあ！　まあ！　あのレックスが結婚!?

素晴らしい。素晴らしいじゃない!!

あの男の本質に気付いた女がいたってことでしょう？

「参加はもちろん可能よね？　というか可能になるよう死ぬ気で調整してちょうだい」

「わかってるさ。私もここだけは外せないからな。君のお付きの者としてねじ込んでくれ。このとおりだ」

「まっかせなさい!! さ、忙しくなるわよ！」


友人達との交流も含めて、結婚式は概《おおむ》ね無事に終わったと言えるだろう。

【概ねの尺度がガバガバすぎる気がします】

言うなよ、王太子関連のことは考えないようにしてるんだから。

まあ、結婚式で王太子からいただいた過分なお言葉のせいで、これから我が家は貴族様界隈ではよく見られる現象、嫉妬の嵐に巻き込まれる可能性が高い。

その嵐をやり過ごすためには伯爵家に見合ったしっかりした諜報網《ちょうほうもう》の整備を急ぐ必要があるんだろうけど、これがゼロからのスタートっていうから先が思いやられるというものだ。

アルテミトス候や友人達の手を借りることになるかもしれないから、今度森で獲《と》れた魔獣のお肉でも贈っておくことにしよう。

家臣に恵まれた＼転生貴族の／幸せな日常

KASHIN NI
MEGUMARETA
TENSEIKIZOKU NO
SHIAWASE NA
NICHIJOU

第一章　転生貴族と採用活動

結婚式の翌朝、義父となったカニルーニャ伯の部屋を訪問して早速諜報網《ちょうほうもう》の相乗りを打診してみた。

即答はできないけど、ある程度融通が利くよう前向きに検討してくれるらしい。ただし、カニルーニャは農業を主とした家なので、血みどろの争いに関する諜報には向いていないと念押しされてしまう。

なんだその血みどろの争いって。

まだ嫉妬に駆られた他家と戦をすると決まったわけじゃないし、それを阻止するための諜報網相乗りのお願いだ。本格的にゴーサインが出たら謝礼やらなんやらの細かい条件を調整することになるだろう。

執務室に戻ると、式の期間中はメイド姿で通しているメアリが表情を改めて口を開いた。嫌がるメアリにイリナが毎日フルメイクを施してるから今日も人形じみた美しさ。それで真面目な顔されると怖いんだけど。

「闇蛇の残党を探してみるか？　俺ほどじゃないけど、溶け込み潜り込むってのは専売特許だぜ？」

「……その考えはなかったな」

なるほど。確かにあの組織は下準備のための潜入工作とかそういう作業に長《た》けていてもおかしくないか。

でもだいぶ前に僕が潰しちゃってるからなあ。

「もちろんどれだけ見つかるかも、うちに協力してくれるかもわからねえから。カニルーニャの親《お》父《や》《じ》さんの力借りるのはそのまま続行してさ」

珍しく食らいついてくるな。個人的には悪くないと思うけど、どうかな？

「今のメアリの案、どう思うオドルスキ」

今日はオドルスキが護衛に付いてくれている。流石《さすが》に式の翌日ということで森には出ないらしい。平服に帯剣したラフな格好だけど、それでもかなり雰囲気あるな。

そんな聖騎士が顎に手を当て、参考までにと断ったうえで考えを述べた。

「いい面と悪い面、半々といったところかと。前者はメアリには及ばないまでも高い技術を持った人員を複数確保できる可能性があること。諜報の技術とは一朝一夕で身につくものではございません。育成には時間と、なにより相応の金が必要になります。もし闇蛇の元構成員が当家に加わればその時間と金を大幅に圧縮することが可能です」

「そうだな。エイミーからも諜報網とは長い時間をかけて築くものだと指摘を受けているよ。であれば金もかかるのは当然か。それを大幅に圧縮できるのは魅力的だな」

我が家にとってのメリットは時間と金の節約か。

金ならある。けど節約できるならそれに越したことはない。

なにより時間は有限だ。嫉妬まみれの嵐に巻き込まれる前にある程度の諜報網を構築できれば致命傷は避けられるだろう。

「次に悪い面ですが、こちらは主に二つです。まずは元とはいえ悪名高い闇蛇の人員を雇用することに対する周囲からの反感。言わなければバレないと思っても、不思議とどこからか漏れるもの。闇に蠢《うごめ》き恐怖をばら撒《ま》いた闇蛇は恐怖の対象ですからな。それを魔人ヘッセリンク伯爵が囲っているとなると……さて、どうなることやら」

元とはいえ犯罪者集団の構成員を雇うことに対する反感と批判か。反社会的勢力を雇うようなもんだからな。元の世界なら一発アウトだ。

しかしここは異世界。

「僕は気にしないが。中には実は昔から闇蛇を動かしていたのはヘッセリンク伯爵家だなどと言い出す輩《やから》もいるかもしれないな。……うん、全く問題ない。難癖をつけられたとして、だったらなんだ？　証拠はあるのか？　護国卿《きょう》たる僕のおかげで安心して眠れているんだろう？　と言ってやればいい」

残念ながら我が家に貶《おとし》められるほどの評価は存在しない。魔人だから仕方ないねと受け入れられるのがオチだ。

「であればもう一つ。単純に闇蛇を壊滅させたお館様に素直に従うのかという点ですな。この点については、闇蛇に恨みを持ち、お館様を解放者だと感じている元構成員を探し出せればクリアできます。ただ、そんなに器用なことができますかどうか。雇ってみたものの実はお館様の命を狙う不届者ということになれば目も当てられません」

まあそこだよね。全員に恨まれていないなんて思ってない。あの組織の幹部連中はほぼ捕まるかその場で始末したみたいだけど、末端までは追えていない。

これまで復讐《ふくしゅう》だなんだっていう動きがないのは僕への恐怖が原因らしいから、刺し違えてやる的な強い恨みまではないと信じたい。

「そこは俺がなんとかする。探すのを俺と同世代の若い奴《やつ》らにすれば説得してみせる」

「候補がいるのか？」

「何人かは。それに他にも探してほしい奴らがいるんだ。これまでは世話になってる分際で言い出しづらかったんだけど、ある程度兄貴の役に立てるまではってさ」

ああ、だから真面目な顔して提案してきたのか？　メアリなんて今やこの家に欠かせない人材なんだし、僕としても弟分として可愛《かわい》く思ってる。

遠慮なんかしなくていいのに変なところで真面目なんだよなあ。

「ふむ。諜報網構築にかこつけて僕に人探しの協力をしてほしいと？」

「……ダメか？」

「いや、構わない。というかその程度いつでも協力してやるのになにを躊躇《ためら》っていたんだ。お前は僕の可愛い弟分だといつも言ってるだろう。たまの我儘《わがまま》くらい聞いてやる」

「お館様！　なんと懐が深い！　このオドルスキ、お館様に惚《ほ》れ直しました！」

なぜかオドルスキが感極まってる。解せない。

後で聞いたらメアリはこのことをオドルスキに相談していたらしい。もし僕が闇蛇の元構成員を探すのに反対した場合はオドルスキが説得に加わる流れだったんだとか。

「なぜお前が惚れ直すんだ。惚れ直されるならユミカの方がいいぞ僕は」

ほんの軽口なのに無言で剣に手を掛けるな親バカ！　上等だ、表に出ろ。ゴリ丸の餌にしてやるよ！

そんな僕らのやりとりを笑いながら見ていたメアリが頭を下げる。

「兄貴。恩に着るよ、このとおりだ。前に話してた唯一の友達と、世話になってた殺しをしない後方支援の構成員を探したい。前に見せてくれた一覧、もう一度見せてくれよ」

そんなのあるの？　コマンド、わかる？

ある。執務室の棚の中ね？　ＯＫ ＯＫ。

「ああ、後で渡す。そうだな、屋敷の手入れなんかをする人員がいてもいいだろう。まあ、こんな命の危険しかないような場所に来るかどうかわからないが」

「目的がうちの諜報網作りだってことは忘れねえ。それにそぐわないような奴を誘うつもりもねえ。

ヘッセリンク伯爵家の利益になる奴らを引き入れるから安心してくれ。もし、俺が勧誘した奴のなかから裏切り者が出たら、そいつを殺して俺も死ぬよ」

覚悟が重いんだよ。

貴方《あなた》を殺して私も死ぬのノリを本気でやるつもりか？　やめてよ、この世界は命の値段が安そうでドキドキするんだから。

「その辺は疑っていないさ。というかお前が死ぬことは許さないぞ。失点したならその分挽回《ばんかい》してみせろ。いいな」

「……わかった。ありがとうな、兄貴」

さて、そんなやりとりをした数日後。ついにこの時がやってきました『オーレナングの森ツアーwith 王太子殿下』。

まあ絶対連れていけって言われると思ってたから不思議でもないし驚きもしなかったけどね。

「では参りましょう。我々ヘッセリンク伯爵家からは私、オドルスキ、ジャンジャックが護衛として供をいたします。近衛からはスアレ殿とダシウバ殿にお付き合いいただく。よろしいか？」

スアレが苦い顔をしてこちらに頭を下げる。何度か言葉を交わしたけど悪い男じゃないんだよなあ。最初に警戒してた反動でいい人に映るのかもしれないけど。

王太子殿下はそんな僕達に気付かず武者震いなのかブルブル震えている。

「これだけの人数であの森から溢《あふ》れる魔獣を迎え撃つのですか……。覚悟していたこととはいえ、実際に森に入るとなると震えてきますね」

怖いならやめてもいいんですよ？　屋敷に帰ってボードゲームでもしませんか？　ダメ？　そうですか残念です。

「ご不安に思われるかもしれませんが、人が多いと守る対象が増えてしまい却《かえ》って危険が増してしまうのです。この人数であれば殿下を確実に無傷で国都にお帰しすることができます」

「なるほど、ここでは我々も護衛対象ということですかな？」

言いたいことを的確に読み取るスアレ。

そう、つまりそういうことだ。だから勝手な行動は慎んでほしい。そうでないと、命の保証はいたしかねる。

「不快な思いをさせたなら申し訳ない。しかしスアレ殿。今から向かう森はほぼ魔獣の庭と言っても過言ではないほど奴らと遭遇する」

「わかっております。私とダシウバは対人の訓練しか積んでおりません。いえ、多少は対魔獣の訓練も行いますが、ヘッセリンク家の皆様には及ぶべくもなく」

「不快な思いなどとんでもない！　憧れのヘッセリンク伯爵様の召喚術を拝見できるかもしれないとワクワクしております！」

スアレもダシウバもごねることなく指揮下に入ることを承知してくれた。良かった良かった……

と思った瞬間、怒声が轟《とどろ》く。

「ダシウバ……この馬鹿者め！　公私を混同するなとあれほど言ったであろうが！」

「うおっ！　も、申し訳ありません師匠！」

怖いからいきなり大きな声出すのやめてくれよ。それと何？

「師匠？　なんだ、お二人は師弟関係にあるのか。知らなかったぞ」

年齢的にそうであってもおかしくないんだろうけど、ダシウバのビビり方が尋常じゃない。

いや、確かに怖かったけど、いきなり直立不動はおかしいだろう。

君、王太子の前でももう少し砕けてたよね？

「ふぅ。御前で大声を出すなど失礼いたしました。ダシウバ！　貴様も頭を下げぬか！　栄光ある第三近衛の隊長に抜擢《ばってき》されておきながらいつまで若手気分でいるつもりだ。だいたい既に立場は貴様の方が上なのだから師匠と呼ぶなと言っただろう。貴様は昔からだな」

「スアレ副隊長！　わかりました！　わかりましたから！　王太子殿下とヘッセリンク伯爵様の前で本気の説教は勘弁してください！」

ダシウバの土下座しかねない勢いの謝罪に、傍観していた王太子が見るに見かねて手をパンパンと叩《たた》いて二人を制してくれた。

「スアレ、ダシウバ。ヘッセリンク伯の前ですよ。落ち着きなさい。まったく……申し訳ありませんねヘッセリンク伯。ダシウバは元々第一近衛でスアレに鍛えられたのです。今回も第三近衛が護衛にとなった際、スアレがダシウバだけでは心許《こころもと》ないと同行を申し出ましてね」

「そうだったのですか。いや、私はてっきり近衛の幹部が私の素行《そこう》を確認しに来たのかと怯《おび》えていたのですよ」

「その目的がなかったかと言えば嘘《うそ》になりますな。もし万が一伯爵様が王太子殿下に仇為す《あだなす》存在であれば……と。まあ幸い杞憂《きゆう》に終わりほっとしているところでございます」

正直者か！

仇為す存在であれば……じゃないよ不穏すぎるだろ。

まあ、ダシウバからの事前情報のおかげで対策できたからな。彼には感謝しておこう。

「はっはっは！　せっかくの縁だ。これからも貴殿とはいい関係を保ちたいものだ。もちろん、ダシウバ殿も。頼むぞ」

「はっ！　伯爵様のご期待に沿えるよう微力を尽くさせていただきます！」

さっき土下座一歩手前だったくせに鼻息荒いなダシウバよ。

嫌いじゃないよそういうわかりやすさ。我が家に欲しいなあ。でも近衛の隊長だし、流石に無理か。

「さて。では参りましょう。王太子殿下は私、スアレ殿はジャンジャック、ダシウバ殿はオドルスキに付いていただく。小型の魔獣程度なら近衛のお二人で対処できるだろうが、中型以上が出たら退《さ》がっていただく。よろしいですね？」

「承知いたしました」

「ヘッセリンクの武威、しかと目に焼き付けます！」

大袈裟《おおげさ》だ。よっぽどの相手が来ない限り、基本的にはジャンジャックとオドルスキに任せると伝えている。

しばらく歩くと、黒装束の小柄な影が頭上から落下してきて綺麗《きれい》に着地した。

メアリだ。

先行して偵察を頼んでいたので別行動だったけど、合流してきたってことは何か見つけたか？

「兄貴、この先にスプリンタージャッカルだ。番《つがい》みたいだぜ」

でかした。よし、行こう。

「何者だ!?」

しまった。この森で何の前触れもなく黒装束が落下してきたら確実に不審人物だよね。

おかしなことになる前にネタバラシしようとすると、メアリが口元に巻いた布をずらして顔を見せ、二人に微笑《ほほえ》みかける。悪い顔してるな。

「おいおい、この何日かで何度も顔合わせてただろうよ、ダシウバ隊長。見忘れちまったか？　薄情だねえ。スアレ副隊長。あんたはどうだい？」

余の顔を見忘れたか？　ってね。

ダシウバは完全に混乱中。一方のスアレは、何かに思い至ったように目を見開いた。

「……貴様まさか、伯爵様付のメイドか!?　これは見誤ったな。その身のこなし、貴様も手練《てだ》れの一人というわけか。ジャンジャック殿やオドルスキ殿には注意を払っていたが流石にメイドにまでは頭が回らぬ」

「いやいやいや。近衛の偉いさんの首なんて簡単に取れねえだろ。特にあんたは警戒を全く解かなかった。今日も昨日も一昨日もだ。頭が下がるぜ。頼むから肩の力抜いてくれよ」

「あの綺麗なメイドさんの中身がこれ？　男なの？　本当かよ……」

おいダシウバ隊長。素《す》が出てるぞ。

気を取り直してメアリの誘導に従い魔獣のもとに向かうと、大型の犬のような生き物が二匹、動物の死骸にがっついていた。

背中をトゲで覆った犬型魔獣、スプリンタージャッカルだ。

体当たりや噛《か》みつきしか攻撃手段を持たないためそこまで強くはないけど、必ず群れで行動する習性がある。視線の先には二匹だけしかいないけど、探せば近くに群れがいるはずだ。

今日最初の戦闘だからオドルスキに任せようかと思っていると、スアレとダシウバが無言で剣を抜いて前に出る。

大丈夫かとジャンジャックを見ると、軽く頷《うなず》いたので止めずに静観。

すると、僕の心配をよそに全く危なげなく魔獣を処理してみせた。

「スアレ殿、ダシウバ殿、お見事だった。脅威度はDと高くないとはいえ、こうも手際良く捌《さば》いてみせるとは。流石は近衛の隊長格だ」

「あの程度、お褒めいただくほどではございません」

スアレは謙遜してみせたけど、こちらがこう動いたらあちらはこう動くということがわかっているように魔獣を翻弄し、あっという間に二匹の首を落とした姿はとてもスマートだった。

「いや、お二人を侮っていたことを謝罪しなければいけないな。素晴らしいお手並みだった。我々も負けていられないな、ジャンジャック、オドルスキ」

僕の呼びかけに頷きつつも薄い笑みを浮かべる二人。はい、表情管理しっかりしてください。

いや、わかるよ？　君達《たち》が化け物なのはわかってる。

スプリンタージャッカルなんか何百匹襲ってこようと物の数じゃないスプリンタージャッカルハンター。いや、ハンターどころかスローターだよ。

だけど今日は接待だから。お客様には気持ちよく森を見てもらい、気持ちよくお帰りいただきます。

「さ、もう少し奥に入ってみましょう。メアリが先行していますので、獲物が出てくれれば先ほどのように報告に来ると思いますよ。ほら、噂《うわさ》をすれば……」

メアリが帰ってきた。すごい勢いで。何か叫びながら。

あれ、まずくない？　アトラクション的な感じで大袈裟なリアクションを取ってるだけならいいけど、どうやらそうじゃないらしい。

「兄貴！　デカブツが釣れた！　お客さん方には下がってもらってくれ！　オド兄、爺《じい》さん、頼んだぞ！」

メアリが僕らの後ろに回り込みつつ超ＶＩＰの王太子を背中に庇《かば》う。仕事ができる弟分だこと。

ウキウキで臨戦態勢を取る戦闘狂二人と並んで森の奥に目を向けると、とんでもないものが周りの木々を薙《な》ぎ倒《たお》しながら近づいてきていた。

うん、カニだね。ただし馬鹿みたいに巨大なカニ。タラバかな？

【エクストラヒュージクラブ。脅威度Ｃの魔獣です。近衛のお二人には荷が重いかもしれませんが、家来衆の方々にとっては動きの鈍い的でしかありません】

それなら安心だね。さて、どうしようか。

王太子に僕の可愛い二頭を御披露目《おひろめ》しておくか、それとも既に料理の仕方を話し合い始めた大人組に任せるか。

あれだけでかけりゃ焼き茹で刺身に蟹味噌《かにみそ》と、飽きるまでカニ三昧も夢じゃない。まいったね、これはまた二日酔いだな。

「憚《はばか》りながらジャンジャック様やお館様ではカニを押し潰してしまう可能性がございます。私に任せていただけましたら、可食部分を最大限残して解体してご覧入れますが」

採用。

「よしオドルスキ。任せたぞ。殿下、今晩の宴《うたげ》はカニが主役に決まりましてございます。すぐに材料を調達いたしますので、お好きな調理方法をお考えください」

「この絶体絶命の状況もヘッセリンクにとっては晩餐《ばんさん》の準備でしかないのですね。魔人と呼ばれる所以《ゆえん》が垣間《かいま》見《み》えた気がします」

「はっはっは！　殿下、この程度で驚いていては森の奥に辿《たど》り着《つ》けませんぞ？　さ、オドルスキ。ヘッセリンクは家来衆も頭のネジが緩んでいるというところを見せて差し上げろ！」

「御意。では殿下、御免」

オドルスキが愛用の大剣を肩に担いで駆け出す。

比べてみると豆粒と小山くらいの体格差があるが、勝つのは豆粒だ。

あんなに大振りで当たるわけないだろう。

誰だと思ってるんだ。聖騎士オドルスキさんだぞ？

ほら、大剣を一振りするごとに脚が短くなっていく。関節を狙って丁寧に斬り落とす職人技は、マハダビキアに食材の扱いを叩き込まれた結果だろうか。

『ユミカに美味《うま》いもの食べさせたいだろ？』

という悪魔の囁《ささや》きを受けた後、オドルスキの持ち帰る素材の下処理のクオリティが段違いに跳ね上がったのは紛れもない事実だ。

「これほどまでとは……。こんなものを見せられては笑うしかない」

「おかしいだろ、脅威度いくつだあの化け物。スプリンタージャッカルくらいでいきってたのが恥ずかしすぎる……」

そんなことないよ。君達は十分強いし、人類的には最強の部類に入るのは間違いない。

ただ、オドルスキやジャンジャックはほぼ人を辞めてるから比較対象にしてはいけないいんだ。

「顔に出てんぞ人外の親玉。カニの奥、次のお客さんのお出ましだ。爺さん！」

「任されましょう。土魔法、ロックキャノン」

カニの向こうから現れたもの。

んー、でかいセミか？　僕がそう認識した直後、ジャンジャックが撃ち出した複数の岩の砲弾が身体中《からだじゅう》に直撃してそのまま落ちていった。可哀想《かわいそう》に。

「食材にはなりませんので手加減は無用です」

セミって確か香ばしくってエビみたいな味するんじゃなかったっけ？　今となっては巨岩に埋もれて原形留《とど》めてないけど惜しいことをした。

元の世界ではタンパク源として昆虫食熱が俄《にわ》かに高まりつつあったように記憶している。あれだけ大きければ食べる部分も多いだろうし、マハダビキアならなんとかしてくれそうだけど。

【一応解説しますと、あの魔獣はジャイアントシケーダ。脅威度はC。飛行している分、今オドルスキが解体しているカニよりも厄介な魔獣です】

ああ、そうなんだ。僕としてはジャンジャックが撃った魔法のレベルがどんなもんなのかが気になってソワソワしてしまう。

あれで初級編なんて言わないよな。もしそうならとんだラスボスだよ。前に見た岩の牢獄《ろうごく》は難易度高そうだったし、なにより手で結んでた印が複雑だったけど、今のロックキャノンだっけ？

溜《た》めもなにもなくサクッと撃ったからね。しかも連射機能付きとかぶっ壊れてるのかな？

「鏖殺《おうさつ》将軍か……。読んで字の如《ごと》くとはこのことですね。我が兵達が立ち向かったらどのような惨事になることやら。考えるとゾッとします」

「私達ヘッセリンクは魔人などと呼ばれておりますが、仕える相手に無闇に嚙みついたりはいたしません。殿下が王となられた暁には、ぜひ我らを上手《うま》くお使いください」

「ふう……。いい関係を築けるよう、私も努力しましょう。とてもじゃないが、貴方がたを敵に回すことはできそうにない」

そんな青い顔でため息とかつかないでくださいよ旦那。うちの子達はいい仕事しますよ？

「スアレ。ヘッセリンク伯と敵対するなとは敢《あ》えて言いません。ですが、その結果何が起きようと王家は一切関知しないと申し渡しておきます。これは近衛全体に周知しておくこと。いいですね？」

「承りましてございます。私も過去の自分に会えるのであれば、貴様は命が惜しくないのかと懇々と説教をするでしょう」

言われてるぞレックス・ヘッセリンクよ。

と、僕の中で眠ってるかもしれない彼に話しかけてみるんだけど、最近は僕こそがレックス・ヘッセリンクだという自覚も芽生えてきたりしている。思えばこちらに来た時から彼の意識は残っていたのかもしれない。

頭の中で考えごとをする分には僕の意識が勝っているけど、会話に移ると途端にレックス・ヘッセリンク色が強くなる。例えば貴族然とした喋《しゃべ》り方がその最たるものだ。

周りが違和感を覚えてないみたいだから、レックスと僕の同居生活は上手くいってるとみていいだろう。

「お館様、お待たせいたしました。このとおり、カニを解体してございます。いや、硬くて厄介ですな」

カニを胴体と脚に綺麗に解体し終えたオドルスキが汗一つかかずに爽やかな笑顔で戻ってきた。結構なお手前で。

「ご苦労。見事な手際だ。ジャンジャックの土魔法も相変わらずすごい威力だな。殿下の前で二人の力を披露できて鼻が高いぞ」

聖騎士様と鏖殺将軍様が恭しく頭を下げる。メアリやユミカ、他のみんなも含めて人に恵まれたことを神様に感謝しなきゃね。

「ヘッセリンク伯。このカニはどうするつもりですか？　よかったら私の連れてきた者達を呼んで運ばせますが」

「お気遣いいただきありがとうございます。しかし、それには及びません」

コマンド、お願い。

【承知しました。保管】

二人の戦闘力を見せた後には手品みたいなものだけど、小山のような量のカニが一瞬で消え去ったことに王太子達が目を見開いている。驚いてくれたようでよかった。

ネタバラシをするつもりはないので、前にオドルスキに伝えたとおり召喚術の応用だと説明しておく。

「そうなると、物資の輸送にも死角はないということか……。どこまでも恐ろしい。いや、伯爵様がお味方であること、ヘッセリンク伯爵家という国の防衛の要となるお家に生まれてくださったことに感謝すべきですな」

「はっはっは！　スアレ殿、それは大袈裟だ。私はただ人に恵まれた若輩《じゃくはい》に過ぎない。これまで国に多大なる貢献をしてきた諸先輩方と比べれば、まだなにも果たしていないのだからな」

「何を仰《おっしゃ》いますやら。確かに伯爵様はお若いが、既に誰もなし得なかった偉業を成し遂げられたではないですか。これまで誰も手出しができず、国すらも見て見ぬ振りをしてきた闇蛇の壊滅。これだけでも十分すぎる国への貢献でございましょう」

「そうですね。なぜか父王はそのことで貴方になにも報いてないようですが……」

【闇蛇の壊滅についてはヘッセリンク伯爵家が独断で行ったものであるため、表立っての行賞は行われておりません。非公式に褒賞を与えるという話も出ていましたが、これは、メアリを得難いもの《得難いもの》を得たと言

ってレックス様が自ら辞退されました】

カッコいいな当時の僕よ。ただそのあたりも僕が扱いづらいと思われてる理由なのかな。

素直に褒賞金なりなんなりもらって無邪気に喜ぶ単純さを見せた方が上は安心するのかもしれない。今度何かあったら思いっきりせびってみよう。

「あの件につきましては、世間の不安を取り除いたという側面もありますが、かたや私が動くことで徒《いたずら》に世間の不安を煽《あお》ったという面も否定できません。陛下は褒賞を与えないことでそのあたりの釣り合いを取られたのではないかと愚考いたします」

「そんなものですか。もし私が支配者であれば、ヘッセリンク伯ほどの力がありながらそこまで従順で物わかりがいいことに恐怖を覚えるかもしれません」

心配性だねリオーネ君は。反乱なんて起こさないよ面倒臭い。伯爵なんて呼ばれてるだけで十分でしょう。小難しい義務もなければ派閥にも属してないフリーな立ち位置だし、他の世界からお邪魔してる身としてはこれ以上望みません。可愛いお嫁さんももらえたしね。

「私は現状の待遇に満足しております。これ以上の何かを積極的に望むつもりはありませんのでご安心ください。ああ、いや。人材の確保だけは行うと思いますが、それは私の趣味ですので。目を瞑《つぶ》っていただけると助かります」

「……何か大きな動きをする際には、事前に私に知らせると、約束してください」

王太子が頬《ほお》を引《ひ》き攣《つ》らせつつ言う。

やだ、可愛い顔が台無しよ？

「ただでさえ過剰戦力気味なのです。王家の心の安寧のためにも可能な限り自重していただきたい」

未来の王様からそんなお願いをされつつ、引き続き森の中を練り歩いた僕達。結局一番脅威度が高かったのはジャンジャックに撃ち落とされたセミだったので余裕の狩りだった。

帰宅すると、王太子が無傷で帰ってきたのを見たお付きの方々が涙を流して喜んでたけど、危ないことなんて何一つなかったですよ？

「これまで父に禁じられていたオーレナングの森への立ち入りを実現でき、大変満足です。魔獣の脅威というものも肌で感じることができたことは将来的に私の財産になるでしょう。ヘッセリンク伯爵家の重要性を再認識することもできました。惜しむらくはヘッセリンク伯自慢の召喚術を見せていただけなかったことでしょうか」

あのレベルの魔獣にゴリ丸とドラゾンは過剰戦力すぎるから自重させてもらった。逆に、途中から小型の魔獣が多くなってメアリの出番が増えたくらいだ。

「残念ながら今日はそこまで脅威度の高い魔獣が出ませんでしたので。その代わり、私の自慢の家来衆の実力をご堪能いただけたのではないでしょうか」

「堪能しすぎて満腹ですよ、ヘッセリンク伯。鏖殺将軍ジャンジャック、聖騎士オドルスキに加えてメイド……メアリと言いましたか。彼も素晴らしい人材ですね。ヘッセリンク伯爵家から誰か一人引き抜けるなら彼を選ぶかもしれません」

大人気だなメアリ。リスチャードも真剣にメアリを連れて帰りたいって言ってたし。

だがやらん。汎用性の高さは我が家随一だ。メアリがいなくなると地味にできなくなることが多い気がする。

「ええ。正確にはメイドではなく私の従者をしてくれています。まだ若いですが、ご覧いただきましたとおり高い技術と判断力を有していますので、近い将来我が家の幹部を担うことになるでしょう。王太子殿下におかれましてはよろしくお見知り置きください」

彼の能力を高く買っていることと、将来の幹部候補として期待していることを紹介して引き抜きを牽制《けんせい》しておく。うちには引き抜かれて惜しくない人材なんかいない。

「そうさせてもらいます。ヘッセリンク家の戦力の充実ぶりは目を見張るものがありますね。少ないながら一人一人が一騎当千。強いて言えば、事務方が足りない印象でしょうか。いや、敢えて置いていないのか？」

事務方？　なにそれ美味《おい》しいの？　と、惚《とぼ》けることもできないくらい正論だ。

今のヘッセリンク伯爵家の陣容を確認してみよう。

当主、レックス・ヘッセリンク。

当主の妻、エイミー。

執事その一、ジャンジャック。

執事その二、ハメスロット。

騎士、オドルスキ。

斥候、フィルミー。

従者、メアリ。

シェフ、マハダビキア。

メイドその一、アリス。

メイドその二、イリナ。

天使、ユミカ。

これまではジャンジャックが執事仕事をこなしつつ自らの知名度を活《い》かして外交を担当してくれていたらしい。だけどハメスロットが来てくれてからは積極的に森に出て魔獣を討伐し始めたし、なんだか若返った気分だなんて言ってるのを聞いたら今更またそちらに戻ってくれとも言いづらい。

もちろんハメスロットは上手くやってくれてるし、うちの規模なら執事が外交担当を兼務しても無理はないんだろう。

「小さな領地で領民もおりませんので必要に迫られてはおりません。私とジャンジャックで事足りていたところにカニルーニャの家宰を務めていたハメスロットが加わりましたので」

「当主に執事二人ではないですか。ヘッセリンク伯爵家が積極的に外交をしない理由がわかった気がします。そもそも専門の人員がいないことが原因なのですね」

これは本当にそうかもしれない。

コマンド、ヘッセリンク伯爵家に外交を任せられる文官がいたことはあるか？

【ありません。以前お伝えしましたとおり、他家との折衝は国都に住む当主の妻が担当するのがヘッセリンク流です。もちろん、外交面で妻の手に余るような事態になることもあるでしょう。その時は、当主が前面に出ての威圧外交で乗り切っています】

はい、ダメー。そりゃ魔人だなんだって言われるわ。同じ国の貴族に威圧外交仕掛けてるんだもの。敬遠されても仕方ない。

「友人であるロンフレンド男爵家のブレイブでも招くことができればいいのですが、すでにクリスウッド公爵家に確保されていますので。国でも一、二を争う悪評を得ている我が家に好き好んでやってくる文官が果たしているでしょうか。いや、いません」

もし仮に狙うなら現在の所属先で不遇をかこってる人材。評価に納得いかないとか、上司とソリが合わないとかでオーレナングでもなんでもいいから今の所属から離れたいと望む事務方ね。ピンポイントで欲しい人材の一本釣りとなると難易度は高いけど、相応の待遇を約束すればうちに来てくれる可能性はあるか？

「それを言われると確かにそうかもしれませんが……いえ、それでも考えてみてください。これから先、ヘッセリンク伯爵家が更に大きくなるためには専門性の高い人材は必ず必要になります。武に関する人材は国内随一なのですから、真剣に考えてご覧なさい」

「承知いたしました。王太子殿下からのありがたき助言。早速家来衆と話をしてみます。もしかしたら旧知に我が家に来ても構わないという酔狂な文官がいるかもしれませんので」

まずは身内の知り合いから探してみよう。メアリと約束した闇蛇の残党の捜索もあるし、合わせて動くのがいいかもしれない。

「言い出しっぺの私が面倒を見てもいいのですが、それをすると貴殿がいらぬ嫉《ねた》みを買う可能性がありますからね」

「仰るとおりです。とは言うものの式の際、殿下から過分なお言葉を賜ったことで十分嫉妬の的になってしまいましたが……」

嫌味《いやみ》の一つくらい許されるよね？

王太子は苦虫を噛み潰《つぶ》したような渋い顔だ。本人的にもまずかったと思ってるらしいことは伝わってくるよ。

「そのことについてはスアレからきつく、それはもうきつく叱られてしまいました。もし迷惑をかけるようなことがあれば遠慮なく教えてください。こちらでできる限り対処します」

よし、言質《げんち》はとった。ウザ絡みしてくる貴族に対して最高に有効なカードだ。

「私の手に余るような事態になれば、甘えさせていただくかもしれません。その時はよろしくお願いいたします」

結婚式が終わり、王太子が国都に帰ってからしばらく経《た》ったある日。僕の数少ない友人かつ元魔人派No.2ことリスチャード・クリスウッドが訪ねてきた。

「はい、これ。頼まれてたやつ。苦労したわよ？　主にブレイブが」

リスチャードがソファに腰掛けた状態で紙の束を放り投げてくる。

我が家の懸案事項である諜報網の構築についてメアリの提案どおり闇蛇の残党を捜索することを決めたのはいいけど、大々的に元暗殺者組織の人員を探すのは憚られるということでお友達の手を借りることにした。

今回はその調査報告のための来訪ということだ。

「恩に着る。だが、リスチャードが来る必要はないだろう。文を寄越《よこ》してくれれば済む話だ。あまりお前を拘束してクリスウッド家に嫌われたくないのだがな」

少し前とはいっても式のために長期滞在したばかりだろうに。

僕のそんな小言を聞くつもりはないのか、リスチャードは今回もゆっくりさせてもらうわと言いながら我が家の天使ユミカを膝の上に乗せて頭を撫《な》でている。

「あら、冷たいわね。あたしよりクリスウッド家を優先するの？　友達甲斐《がい》がないわあ。ねえ、ユミカ？　貴女《あなた》の自慢のお兄様が冷たくするの。どう思う？」

「お兄様は優しいよ？　でも、リス兄様も優しいから、ユミカは二人に仲良くしてほしいわ！　ダメ？」

ユミカの上目遣い。効果は抜群だ！

「貴女のためなら仲良くするわよ！　ね、そうよねレックス！　私達は竹馬の友。朋友《ほうゆう》。腹心の友よね!?　さあ頷きなさい!!」

怖っ！　見た目白皙《はくせき》の貴公子のくせして少女を抱きしめながら髪振り乱して叫ぶなよ。

全体的に台無しだ。

「落ち着けリスチャード！　いつの間にユミカに堕《お》とされたんだお前は。まったく、ユミカ」

可愛くて優しい我が家の天使だが愛想を振《ふ》り撒《ま》きすぎるところがあるからな。ここらで少し釘《くぎ》を刺しておかないと。

「なあに？　お兄様」

ユミカの上目遣い。効果は抜群だ！

「僕とリスチャードはこの国で一番の仲良しだ。間違いない」

天使には勝てない。つまりそういうことだな。また一つ賢くなった。ヘッセリンク家は安泰だな。

「あんたが一番ユミカという沼にハマってるじゃない。あたし気付いたの。その沼は底なしよ？　あたしだけじゃないわ。単純な脳筋のミックだけじゃなく、あの堅物ブレイブまで沈んでるのよ？　これ、この贈り物の山。わかる？　ぜんっぶブレイブからユミカ宛て」

まじで!?　あの優等生くん、何考えてるんだ。あれか、真面目で遊び慣れてないサラリーマンが一夜にしてキャバ嬢に入れ込んでしまうあの現象か。婚約者がいる男も堕とすなんて、ユミカ、恐ろしい子。

「ブレイブ兄様すごい！　ねえ、見て見てお兄様。このぬいぐるみの熊さんとっても可愛い！　ブレイブ兄様にお礼のお手紙書かなきゃ。ねえ、リス兄様。ブレイブ兄様に渡してくれる？」

「ええ、ええ。もちろんですとも。その代わり、あたしもユミカからのお手紙が欲しいわ」

「はい！　じゃあリス兄様にもお手紙書くね！　帰るまで開けちゃ嫌よ？」

蕩《とろ》けそうな笑顔でユミカを高い高いする公爵家嫡男。まったくユミカからの手紙くらいではしゃぐんじゃないよ。

いい大人が情けない。

「ハメスロット、すぐに国都で一番の職人に熊のぬいぐるみを作らせろ。金に糸目はつけるな。拒否するようならすり潰すと」

「落ち着けダメ兄貴。リスチャードさん、あんたも兄貴を煽るのやめてくれよな。まじで職人の命が危険に晒《さら》されるから。ユミカ、ほらお前は部屋に戻ってな。ここからはお仕事の話だ」

だって僕もユミカからのお手紙欲しいし。

当のユミカは聞き分けよく小走りで部屋を出て行った。ドアの前で小さく手を振る姿なんて完璧な造形美だ。

「余計なことしてくれるじゃない、メアリ。せっかくの天使との触れ合いを邪魔するなんて。許されざる行為よ？」

「わかったから。話が終わったらユミカとの楽しい晩餐を堪能してくれていいからさ。闇蛇の残党、見つかったのか？」

メアリが焦《じ》れたようにリスチャードに迫る。

珍しい。あんなに必死な顔をするなんて、捜索を希望した人達は彼にとって本当に大事だったんだな。

そんなメアリに対してリスチャードの反応は軽いものだ。

「見つかったわよ」

「まじで!?」

食いつくメアリを抑えつつ、リスチャードが一度放り投げた紙の束を整えて僕に手渡しながらニヤニヤと笑う。なんだ、感じ悪いぞ。

「腐ってもあたしは公爵家の嫡男。人探しの伝手《つて》くらい掃いて捨てるほどあるの。それが非合法の人間でもね。そこに、可愛い弟分にいい顔したいどこかの伯爵様がアホみたいに金を投入したら、見つからない方がどうかしてるってものよ」

「……旦那様」

アホみたいな金という部分に反応したハメスロットが眉間に皺《しわ》を寄せるのかわかった。

え、やだ怖い。

「リスチャード、余計なことは言わなくていい。ハメスロット、怖い顔をするな。全て僕の小遣いだ。家の金に手をつけてないのはわかってるだろう？」

お小遣いの範囲でしか出費してないよ？　ほんとだよ？

「そうではありません。諜報網の構築は当家の重要課題。さらに言えばメアリ殿は当家を支える柱の一人。ならば伯爵家の予算をちゃんとお使いなさい。旦那様が身銭を切る必要はございません」

怖いとか思ってごめんなさい。貴方は優しい執事でした。でも、ちゃんとした理由があるんです。

「まあそう言うな。リスチャードとブレイブには友人として個人的に無理を押して頼んだのだ。ならば身銭を切るのは当然。もしここがダメなら家の金を使っていたさ」

「いいわねえ。うちの家宰なら家の金を使うこと罷《まか》りならんって騒ぐところよ？　で、闇蛇の残党。あたし達が見つけたのは十五人。そのうち十人は非戦闘員ね。残り五人のうち四人は仕込みとか下準備とかそういう後方支援的な役割を担ってたらしいわ。で、問題は最後の一人。これが闇蛇の主力。メアリと同じ暗殺者だったみたい」

へえ、一人いたのか。さて、吉と出るか凶と出るか。

鬼が出ようと蛇が出ようと屈服させる自信はあるけど、メアリの身内なら手荒な真似《まね》はしたくないが。

「実行隊の奴か。なあ、リスチャードさん、そいつの名前、名前はなんて名乗った？」

メアリ自身も緊張を隠しきれてない。今の顔だけ見たら完全に男だとわかる。擬態してる場合じゃないってね。

「あら、そんな顔できるのね。普段のお人形さんよりもその方が素敵じゃない。どう思う？　レックス」

焦らして遊ぶリスチャード。

僕としては弟分をいじめる趣味はないので報告書をめくって該当部分に目を走らせる。

ん、ここか。女性なんだな。歳《とし》はメアリと同じくらい。

……まあまあ殺してるな。可哀想なことだ。

「遊ぶなリスチャード。暗殺者の名前は……クーデル、か。聞き覚えはあるか？」

「クーデル!?　まじか、あいつ生きてたのか!!　ああ……まじか……まじ、か……」

名前を聞いた瞬間膝から崩れ落ち、人目を憚らずに泣き出すメアリ。

嗚咽《おえつ》とかじゃない。号泣だ。

これには僕だけじゃなく、普段は冷静沈着なハメスロットもオロオロしている。

この場で笑ってるのは一人だけだ。

「うっそ、泣いてんの？　やだあ、あたしそっちの趣味ないんだけどドキドキしちゃう」

「リスチャード、空気というものをだな……」

「はいはい。ねえメアリ。クーデルにあんたの名前を教えたら、同じ反応してたわよ？　号泣しながら会いたいって。あと、アデルってご婦人とビーダーってご老人も。どうやらあたし達が組織を襲った後、散り散りになるのはまずいってことでまとまって生活してたみたい」

アデルとビーダー。二人とも五十過ぎと。

アデルが攫《さら》われてきた子供達の乳母《うば》役。

ビーダーは厨房《ちゅうぼう》の顔役みたいなものかな？

まあそうだよな。実行部隊だけじゃ成り立たないからそういう人達もいるか。

「アデルおばちゃんとビーダーのおっちゃんもいるのか⁉　すげえ、良かった……クーデルも含めて兄貴から見逃されたのは知ってたけど、みんな生きててくれんだな。なあリスチャードさん。みんなは今クリスウッド領にいるのか？」

「そうね。あたしの客人として領内で保護してるわ。素性《すじょう》を隠しての逃避行は大変だったみたいね。みんな素直に保護に応じてくれたわ」

「すまないなリスチャード。かかった費用はこちらに回してくれ。色をつけて払おう。僕としてはすぐにでもその十五人と会って話がしたい。どこか適当な場所で段取りをしないとな。幸い式も終わって時間に余裕のある身だ。すぐにでも動ける」

「兄貴、俺も連れていってくれ。絶対に俺が説得してみせるから。頼む」


善は急げということで翌日にはオーレナングを発《た》った僕達。

表向きの訪問理由が結婚祝いへのお礼であることと、嫡男であるリスチャードの先導もあって、特に問題なく公爵領に入ることができた。

ただ、すぐに元闇蛇勢と合流できたかというとそうもいかない。

初日の夜はリスチャードの父親である現公爵とのお食事会、翌日の昼はクリスウッド領都の視察にお付き合いなど、現役伯爵としての仕事が捻《ね》じ込まれていた。

僕の行動に迷彩をかけるためにリスチャードが仕込んだらしいけど、食事中も視察中もヤンチャを控えるよう釘を刺され続けて疲れました。

公爵的には息子の友達にイタズラは程々にしなさいとやんわり指摘してくれたつもりかもしれないが、公爵様の威圧感がやんわりを許さないんだよ。

親父さんの前だとリスチャードはほぼ無言だし、目的を果たす前に精神的な疲労がすごい。

監視も全くないわけじゃないなかでの長期滞在は遠慮したいので、フリーになってすぐ目的の集団と接触することにした。

リスチャードから悪いようにしないと言われて集められた十五人。元闇蛇だとバレたら明日をも知れないと怯えていたところに現れたのが、よりによって組織の怨敵こと僕だ。

そりゃあパニックになるよね。

泣き叫び赦《ゆる》しを乞う人々。地獄かここはと頭痛がする思いだったけど、そんななかで一人だけが刃物を手に飛びかかってきた。

ずっとこちらの隙を窺《うかが》っていたんだろう。メアリが止めに入らなかったらやられてたかもしれない。

「やめろってクーデル！　違うんだって！　ちょ、おい、兄貴、爺さん！　笑ってないで宥《なだ》めるの手伝えよ！　くそっ、覚えてろ！」

あれがクーデルか。

なるほど、ぱっと見は美少女二人が刃物片手に殺し合いをしてるようにしか見えない。

本気で斬りかかるクーデルをメアリが宥めながらいなしてるんだけど、なんかこう、友達同士で戯《じゃ》れてるように見えるのはなんでだろう。

約束をすっぽかした彼氏に腹を立てる彼女みたいにも見えるな。

いけない、ニヤニヤしてしまう。

「いやあ、同世代の女子に振り回されるメアリが見れるとはな。ジャンジャック、不覚にも僕は涙が出そうだ」

「ええ、ええ。爺めも同じ気持ちでございます。あのメアリさんが年相応に振る舞う姿を見ることができるとは……。このジャンジャック、不覚にも感動しております」

火花を散らしながら斬り合う姿が年相応かどうかはこの際置いておくとして、ジャンジャックも似たようなものらしい。歳を取ると涙腺が緩くなるから仕方ないね。

そんな感動中の僕達の足元に、ふっくらしたおば様が縋《すが》りつくように跪《ひざまず》いた。

えーっと、もしかしてこの人がメアリの育ての親のアデルさんかな？　優しそうだけど、苦労したんだろうな。疲労が隠せてない。

そんな状態でもクーデルを救おうと必死で縋りついてくる。

「伯爵様、クーデルちゃんとメアリちゃんを止めてくださいませ！　ああ、やめておくれクーデルちゃん！」

本気を出せばすぐ終わるだろうに、メアリはクーデルに怪我《けが》をさせないように手加減してるみたいだ。このままじゃ埒《らち》が明かないな。

「メアリ。話にならないからそれ以上抵抗するなら実力行使を許す。黙らせろ」

「メアリが私に勝てるわけってがふっ！」

僕の言葉に反応して気が逸《そ》れたクーデル。

その一瞬の隙を突いて放たれたメアリのボディブローが脇腹に食い込む。

息を吐いて悶絶《もんぜつ》するクーデル。あれは痛い。

実力行使とは言ったけど相変わらず女性にも容赦ないなあいつ。倒れたクーデルを見下ろす姿は貫禄《かんろく》すら感じる。

「舐《な》めるなよクーデル。お前と離れた後の俺は、オーレナングの魔獣どもと人外どもに散々死ぬ目に遭わされてきたんだ。実戦を離れたお前に負けるわけがねえだろうが!!」

どさくさにまぎれて魔獣と同列に語られた人外その一は満足そうに頷いている。ジャンジャックにとっては褒め言葉なのかもしれない。

「っ!!　どれだけ、どれだけ私達が心配したと思ってるの!!　メアリがレックス・ヘッセリンクに慰み者にされてるんじゃないかって。それなのになんで!!」

あー、やっぱりそう思うよね？　メアリ自身もそれは覚悟したって言ってたし。こんだけ綺麗な見た目してたらやばい権力者ならありえるだろうな。

ただ今回に限って言えば事実無根です。

「誤解だっつってんだろこの馬鹿女！　いいから、話を、聞け!!」

なおも立ち上がって僕を狙おうとするクーデルとそれを阻むために立ちはだかるメアリ。このまま続けさせてどっちかが怪我をしても面白くないな。

「ジャンジャック」

呼びかけた瞬間、二人の間に割って入ってメアリの腕を摑《つか》みつつクーデルを床に転がしてみせるジャンジャック。

え、いまのどうやったの？　足を払っただけ？　まじかすごいね。

「メアリさん、そこまでです。もういいでしょう。それ以上は弱いものいじめになりますよ？　ここはレックス様と私が預かります。いいですね？」

「すまねえ、爺さん。クーデル、ごめん。やりすぎた。相変わらず強《つえ》えよ。手加減できなかった」

脇腹への一撃の件だろう。確かにあれは手加減なしの本気だったな。

一方のクーデルは、転がったままの状態で涙を目に溜めながらジタバタしている。

「……なんなの？　なんでメアリがレックス・ヘッセリンクの味方をしてるの？　意味わかんない。だって、貴方はレックス・ヘッセリンクの命を狙ったけど返り討ちに遭って、そのまま酷《ひど》い目に遭わされてるって」

「誰に聞いたんだよ、それ。どうせ闇蛇の上の奴らからの情報だろ？　ガセだガセ。くそったれなことにレックス・ヘッセリンクに惚れ込んで従者やってんだよ」

あらやだ惚れ込んでるだなんて。本音が漏れてるとこが可愛いぞ。

「惚れ込んだ!?　じゃあ、やっぱり」

「ああ！　違うって言ってるだろ!?　兄貴は俺をちゃんとした家来としてだな」

「あ、兄貴!?　だって男同士でその呼び方なんてその最たるものじゃない!!　ああ！　私の可愛いメアリが道ならぬ道に!!」

あ、この子ダメな子だ。関わると火傷《やけど》しそうなのでこっちは大人同士で話を進めておこう。

「アデルと言ったか？　メアリの育ての親と聞いたが」

「は、はい！　メアリちゃんもクーデルちゃんも私が育てました。……攫われてきたと知りながら組織のために子供達を育てたこと、償うつもりでおります。許してくれとは申しません」

いや、大丈夫だよと声をかけようとしたら今度は禿頭《はげあたま》の痩せた老人がアデルを僕から庇うように前に出てきた。

「は、伯爵様。あっしはビーダーっつうケチな料理人でさあ。メア坊も、クーデルの嬢ちゃんも、もちろんアデルさんも、誰も悪くありません。悪いのは闇蛇っつう組織そのものでさあ。その幹部どもも軒並み伯爵様にやられちまった。残党狩りってえんなら、女子供じゃなくあっしが責任をとりますんで。何卒《なにとぞ》、何卒女子供らは許してやってくだせえ！　この、このとおりです！」

漢気《おとこぎ》溢れる台詞《せりふ》にアデルやそれを見ていた集団が声を上げる。なんだこれ。完全に悪党だな僕は。

「なあ、ジャンジャック。そんなに僕は怖いか？　これでもだいぶ大人しくしているつもりなんだが。率直に言って悲しみで一杯だ」

「そうですなあ。最近のレックス様は以前よりもだいぶ落ち着かれましたが、『魔人』の印象はそう簡単に拭えるものではありません」

今度国都で掃除のボランティアでもしてみるか？　孤児院で読み聞かせっていうのもいいかもね。

とにかくイメージアップが急務なことは理解できた。

「この一件が終わったら自らを省みる時間を取ることにしよう。さて、アデル、ビーダー。結論から言うと、僕はお前達を捕らえに来たわけでも断罪しに来たわけでもない。それをするつもりなら、組織を潰した時に見逃していないからな。だから安心しろ」

「では、ここに集められた理由はなんなのでしょうか。正直申し上げまして、もう疲れてしまいました。もちろん周りの人々に私達が闇蛇だと気付かれることはありません。ですが、私達自身が闇蛇であったことを忘れられず、怯えながら生きることに疲れ果ててしまったのです。……なにを都合のいいことをと、お笑いください」

自害とかやめろよ？　危なかったな。このタイミングで見つけることができたのはお互いに幸運だった。

「まあ、今のお前達は闇蛇に囚《とら》われているわけではないし、その命はお前達自身のものだ。それをどう使おうと関知しないが、一応僕の話を聞いた上でどうするか決めてもらおうか。単刀直入に言えば、お前達十五人をヘッセリンク伯爵家で雇用したい」

「雇用、でございますか？」

アデルもビーダーも、そしてクーデルもキョトンとしている。まあそうだろう。

組織を潰した『魔人』なんて二つ名を背負う貴族から、雇用なんて言葉が出たら反応できないよね。

「要は勧誘だな。ヘッセリンク伯爵家の家来衆として生きてみないか？　仕事内容だが、アデルやビーダーのような非戦闘員は我が所領オーレナングと国都の屋敷に分かれて内向きの働きをしてもらうことになる」

「ヘッセリンク伯爵家の家来衆……私達が？　貴族様のお屋敷で働くのですか？」

「非戦闘員以外の五人は我が家が模索する諜報網構築の一端を担ってもらおうと考えている。そのため国内に散ってもらうことになるな。もちろん給金は弾むぞ」

「お、お待ちください。大変ありがたいお話でございますが、私達は元闇蛇の一員でございます。そのような出自の者を雇うなど、明るみに出たらお家の評判が」

わざわざこっちの評判を考えてくれるなんて優しいねアデルおばちゃんは。メアリやクーデルを育てたんだよな。経験が豊富ならいつか僕とエイミーちゃんの間に子供が産まれた時に子育てを手伝ってもらおうか。

「魔人、暴君、悪鬼羅刹。まあ他にもあるが我が家の主な評判はこんなところか。今更元非合法組織の人間を雇ったところで落ちるほどの評判はない。安心して雇用されてくれ。もちろん無理強いはしないが、そう悪い話ではないはずだ。よく考えて結論を教えてほしい」


よく考えて、と言ったはずなのに、元闇蛇達からの回答は早かった。

接触した翌日の昼にはリスチャードを通じて『十五人全員がヘッセリンク伯爵家に雇用されることを望む』という回答が得られたのだから、ほぼ即決と言ってもいいスピード感だ。

「じゃあ、アデルおばちゃんとビーダーのおっちゃんはオーレナングに来てくれるのか？」

アデルとビーダーからは雇用を望む回答とは別に、自分達二人がオーレナングに行くから他の非戦闘員は国都の屋敷で働かせてほしいという要望があった。

こちらに断る理由はない。

ただ、明らかに国都の方が暮らしやすいのも事実なので、アデルとビーダーも無理せず国都にいていいと伝えたんだけど、二人の意思は相当固いようだ。

「ああ、話し合ってそう決めたらしい。無理をすることはないと伝えたのだが、自分達がオーレナングに行くことで他の者が心安らかに暮らせるのならとな。人質のつもりなのだろう。全く意味はないが、本人達の意思が強いので受け入れることにした」

二人がいい人なのはわかった。だけど、おじちゃんとおばちゃんを人質にして僕にどうしろというのか。

「大丈夫だよ兄貴。アデルおばちゃんはああ見えて闇蛇の上の方にも意見するくらい肝が太いし、ビーダーのおっちゃんは構成員全員の胃袋摑んでた料理上手《じょうず》だから。俺もいるし、二人が早く馴染《なじ》めるよう頑張るからさ」

嬉《うれ》しそうに笑うメアリ。なにそのはにかんだ笑顔。素敵すぎるだろ。よく考えたらまだ子供なんだよなこの子も。なのに非合法組織に攫われて、暗殺者として育てられて、魔人を狙って捕まって。波瀾万丈《はらんばんじょう》すぎる。

そりゃあ子供らしさもなくなるよね。だからこの笑顔は貴重だ。

「いつもは大人びて子供らしさなど欠片《かけら》もないお前がそんな顔を見せるとはな。それだけでも彼らを探した甲斐《かい》があったというものだ。アデルにはいずれ僕の子供の世話を頼めたらと思っている。ビーダーはマハダビキアの下に付いてもらうことになるだろう」

「兄貴には感謝してる。前にも言ったけど、もし今回見つけた奴らが裏切ったら」

「やめないかメアリ。それを考えるのは僕の仕事だ。まったく……せっかく年相応の顔を見せてくれたと思ったらすぐにこれだ。それよりも解決すべき問題がお前にはあるだろう」

速やかに解決すべき懸案事項。

アデル、ビーダーはオーレナングへ。その他非戦闘員は国都へ。残った五人のうち四人は我が家の諜報要員として準備が整い次第国内各所へ。

課報要員となる面々はこれまでの経験が生かせることを知って泣いて喜んでたな。

冗談で、お前らが裏切ったらアデルとビーダーがどうなるかわかってるな？　と脅したら、絶対に裏切らないから二人に酷いことをしてくれるなと平伏された。彼らにとっても二人は父親と母親みたいな存在らしい。

と、ここまではすんなり話がついた。

問題はあと一人だ。

「……それこそ兄貴に任せるよ。俺にはどうしようもねえ。よっ！　名伯爵！」

「調子のいい奴め。さて、クーデルの処遇をどうするか」

「悪い奴じゃねえし、腕も確かだ。俺がヘッセリンクに捕まる前は一度も勝ったことなかったんだぜ？　昨日勝てたのは人の皮被《かぶ》った化け物や魔獣相手に鍛えられたからだよ。だからあいつも鍛えたらまだ伸びるはず。だけどなあ……まさかあんなんなってるとは思わねえじゃん」

こらこらジャンジャックとオドルスキの悪口はやめなさい。確かに二人に気に入られて扱《しご》かれてたらしいからなあ。

闇蛇生まれ、魔獣のお膝元育ちか。

戦力の充実を考えるならクーデルをオーレナングに連れていくのはありなんだけど、メアリが頭を抱えるのも理解できる。

いや、僕に実害はないからいいんだけど、メアリからしたら大問題だろう。

「失礼します。ここにメアリが……ああ！　また伯爵様と二人っきりに!!　なにをしていたの？　いけないわメアリ。その道は修羅の道よ!?」

なんなの？　黙ってれば美少女っていうカテゴリーはメアリで席埋まってるんだけど。あと貴族がいる部屋に入る時はノックしなさい。

「うるっせえ！　ほんとなんなの？　あの頃の大人しい儚《はかな》げな笑顔のクーデルはどこに行ったんだよ!!」

「とっくの昔に死んだわよ！」

美少女への幻想など抱かない方が幸せなんだと強く感じた。それと同時にメアリが振り回される姿を見るのが楽しいのでもっとやれと思わなくもない。

いけないいな。

可能な限り速やかに結論を出してオーレナングに帰りたいから楽しんでる場合じゃないんだけど。

「クーデル。ちょうどいいからお前も座りなさい。これからのことについて話をしよう」

「……取り乱しました。伯爵様の御前で申し訳ありません。では失礼いたします」

空いている椅子を勧めると、なぜかメアリの座るソファに腰掛け、ぴったりとくっついた。

なんだお前ら、付き合ってるの？　先生そういうの嫌いじゃないけど今から真面目な話をするつもりなんだけどなあ。

「まあ、いい。クーデル、昨日も簡単に伝えたが、お前には僕の考える諜報網の一翼を担ってもらいたいと思っている。国内を、時には国外まで飛び回りヘッセリンクのために情報を集める組織だ。お前にはその長《おさ》を任せたい。闇蛇壊滅後もこの集団を誰一人脱落させずにまとめていたのは、アデルとお前だと聞いた。非戦闘員であるアデルにはオーレナングに来てもらう。お前には外でその力を発揮してもらいたい」

「……私のことを高く評価してくださっているのですね。感謝いたします。ですが、私はアデルおばちゃんやビーダーおじさんに支えられていただけです。ご期待に沿える自信がありません。それに、これは私の我儘ですが、メアリと離れたくないんです」

「ほう。メアリ、愛されているな」

言ってから後悔しても遅いことってあるよね。メアリの焦る顔を見て、僕自らそのスイッチを押してしまったことに気付いた。

「そうですね。メアリへの愛が男女のものなのかはわかりませんが、少なくとも家族としての愛がありります。いえ、もちろん友愛もありますし、男としても決して嫌いでは。メアリが伯爵様に捕まってもう戻ってくることはないと聞いた時、干からびるんじゃないかと思うくらい泣きました。貴方を恨みもしました。必ずこの手で仇《かたき》を討つと誓って生きてきました。だけど、メアリが貴方の庇《ひ》護《ご》のもとで生きていると知りました。こうやって再会することもできた。もう会えないと思っていた家族が元気な姿で目の前にいる。もうあんな思いをするのは嫌です。だから私は二度とメアリと離れないと神に誓ったんです。ああ、可愛いメアリ。これからは私が守ってあげるからね？　昨日は負けちゃったけど大丈夫、これから強くなるわ。じゃないとまた貴方が私を置いてどこかに行っちゃうもの。ダメよ？　私がずっと一緒にいてあげるから」

皆さんおわかりだろうか。

重たい。重たいよクーデル。

すごい早口だったのに、終盤は蕩けそうな笑みでメアリを見つめながらゆっくり語りかけてるのが怖い。

前世風に言うとヤンデレってやつだろうか。昨日もいかに自分がメアリを愛しているかについて語られた。

どんどん瞳孔が開いていく様は何度見てもホラーだな。おいメアリ、目を逸らすんじゃない。

「それじゃあお前の意思を尊重することにしよう。クーデル、オーレナングに来い。そこで僕の妻、エイミーの従者を務めろ。できるか？」

「兄貴!?」

おいおい、その『裏切り者！』みたいな顔やめなさいよ。

こんなに好かれてるなんて男冥利に尽きるってものじゃないか。

メアリも超絶美人だけど、クーデルも負けず劣らずの美少女だ。何に不満がある？　なあに、少しだけ、ほんの少しだけ愛が重たいだけじゃないか。

「奥方様の従者を、私が？　大変光栄なことですが、よろしいのでしょうか。私は直近まで伯爵様のお命を狙おうとしていたのですよ？」

「構わん。今は狙っていないのだろう？　僕の愛妻もメアリより同性の従者がいる方がなにかと都合がいいはずだ。頼めるか？」

「……元闇蛇として怯えながら生きていかなくていいこと、他のみんなにも手厚い保護をいただけること、そしてなによりも愛するメアリとともに在れること。どこをとってもお断りする理由はございません。誠心誠意、ご奉仕させていただきたく存じます」


『絶対に殺してやる……覚悟してなさい、レックス・ヘッセリンク!!』

そう思って生きていた時期があった。

少なくとも、最近数年間はそれだけを目標に、レックス・ヘッセリンク《変態貴族》の手に落ちたであろうメアリの仇を討つことだけを目標に生きていた。

そんな私がその標的に膝を折り、絶対の忠誠を誓った理由もまた、メアリにある。

私の可愛いメアリ。物心ついた時にはいつも私の後をついて回っていた可愛い顔の男の子。

思春期になってからはクーデルと呼ぶようになったけど、幼い頃には私のことをお姉ちゃんと呼んでくれていたのよ？

子供ながらに、私はこの子を守るために生まれてきたんだと強く確信したわ。

理屈じゃない。鳥が空を飛ぶように、魚が水を苦にしないように、獣が我が子を守るように、私はメアリを守り、愛する。

闇蛇という、国の暗部で活動する組織で暗殺なんていう汚い仕事に手を染めながら、どんなことがあってもメアリだけは手放さないと決めていた。

それなのに、メアリはある仕事に向かったっきり、帰ってこなかった。

そして、その直後に起きたのがメアリの標的ジーカス・ヘッセリンクの息子、次代の魔人ことレックス・ヘッセリンクによる闇蛇の本拠地襲撃事件。

世間的には『ヘッセリンクの悪夢』として知られているその出来事によって、メアリの救出に動くことができなくなってしまった。

なんとかレックス・ヘッセリンクの魔の手から逃れた私達は、素性を隠して新たな生活を始める必要があったから。

構成員のお母さん役のアデルおばさんや、食堂のビーダーおじさんを筆頭に、闇蛇のなかでは私やメアリを可愛がってくれたいい人ばかりが集まった集団。絶対に悪事でお金を稼ぐことなんてできない善良な人達。

組織が潰されて身軽になったから、本当はすぐにでもメアリを探しに行きたかったけど、そんな優しいみんなを放っておくことなんて、私にはできなかった。

みんなで励まし合いながら放浪を重ねて、辿り着いたのは、クリスウッド公爵領。

その頃にはみんな、アテのない放浪に疲れていたわ。

アデルおばさんが言ってた。

『闇蛇だとは気付かれないけど、私達自身が闇蛇だったことを忘れられない』って。

みんなをバラバラにしないために頑張ってくれていたアデルおばさんの疲労は、身体的なものより精神的なものだったみたい。

このままじゃ、アデルおばさんじゃなくても誰かが壊れてしまう。情緒に欠ける私でもまずいと思っていた矢先に、クリスウッド公爵家嫡男の使いという、いかにも怪しい男が接触してきた。

普通ならどう考えてもおかしい。でも、私達は普通じゃないので話を聞くことにした。

騙《だま》されたなら相応の報いを与えればいいから。

そんな気持ちでついていった先で待っていたのは、噂に聞く『クリスウッドの麒麟児《きりんじ》』、リスチャード・クリスウッド。

レックス・ヘッセリンクとともに組織を潰した宿敵だ。彼は、私達を探している人がいると言って、自分の庇護下に置くことを宣言した。

クリスウッド家に手厚く保護されて、人生で一番穏やかな日々を過ごしていた私達。

だけど、ついにその日がやってくる。

組織の、そして私の仇敵《きゅうてき》、レックス・ヘッセリンクとの邂逅《かいこう》。そして、最愛のメアリとの再会。

何年離れていたって、一目見てメアリだとわかったわ。

ええ、見間違うわけがないじゃない。

艶《あで》やかな黒髪に長いまつ毛。すっきりと通った鼻筋に薄めの唇。こぼれるんじゃないかと心配になる大きな瞳。薔薇色《ばらいろ》と表現するしかない頬。細身なのに見る人が見ればわかる引き締まった肢体。

少し背が伸びたかしら。心なしか組織にいた頃よりふっくらしたように見えた。

痩せて誰にも懐かない野良猫みたいなメアリも可愛かったけど、毛並みが良くなったメアリも可愛いわね。

男の子から男になっていたわ。

私の知らないところで大人になったのね。

私は一度しかないであろうその時間をともにできなかったことを一生後悔するのね。

ああ、待っていてメアリ。お姉ちゃんが今すぐ貴方を解放してあげるわ！

……そんな感情《愛》に突き動かされてレックス・ヘッセリンクに斬りかかった私。

隙だらけで警戒の一つもしていない男を斬り裂こうとした刃《やいば》は、敢えなく防がれてしまう。最愛の人、メアリの手で。

その後も私の繰り出す技は全て軽くいなされたうえに、脇腹のいい部位に硬い拳を突き刺されてしまった。

久しぶりの再会で吐瀉物《としゃぶつ》を撒き散らさなかった私を褒めてあげたい。

その後、私達はヘッセリンク家に雇われることになった。

私はアデルおばさん、ビーダーおじさんとともに、ヘッセリンク伯爵家の本拠地オーレナングへ。

後方支援担当の四人は国の各地へ。

他のみんなは国都のお屋敷へ。

それぞれ分かれることになったけど、寂しくはない。だって、メアリがいるんだもの。

「くっつくなって！　仕事しづらくて仕方ねえよ！　はーなーれーろー!!」

「嫌よ。どれだけ私が寂しい思いをしたと思っているの？　伯爵様とのことは誤解だとわかったけど、それならなおのことメアリとの日々を取り戻さなきゃ」

伯爵様は、噂と違ってとても優しい方だった。

初めは、伯爵様がメアリを手籠《てご》めにしたのだと勘違いしていたけど、伯爵様は奥様一筋の様子。

愛妻家の上級貴族なんて素敵だわ。

流石愛の伝道師《ラブエヴァンジェリスト》ね。

なにより、メアリと私のことを陰ながら応援してくださっているみたいだし。

だって、それとなく二人っきりになれるよう席を外してくださるし、森に入る組み分けもメアリと一緒にしてくださることが多い。

私から逃げようとするメアリに、「何が不満なんだ」と呆《あき》れながら苦言を呈しているところも何度も見かけたわ。

「あれは応援とかじゃなくて俺をいじって楽しんでるだけだっての！」

メアリがなにか言っているけど気にしないわ。

薔薇色の頬を真っ赤にして早口で否定しても、照れ隠しだって私にはわかるの。

闇蛇として育てられたから人の感情の動きを読み取ることなんて朝飯前だし、なんといっても姉弟《きょうだい》みたいに育ってきたんだもの。そんな私が最愛のメアリの気持ちを読み違えるなんてありえない。

「相互理解のない愛は愛じゃねえって色ボケ伯爵が言ってたけどな!!」

愛を語らせたら伯爵様の右に出る貴族は存在しないわ。

全く仰るとおり。一方通行の愛なんて独りよがりよね。

それを考えれば私とメアリはお互いを完璧に理解していると言っても過言ではないし、むしろ理解しすぎてて怖いというか、もうその域に達してしまっている。

メアリの好きなものなら全部理解しているわ。もちろん、メアリもそう。

「俺が完璧に把握してるのはお前の好きな刃物だけだけど！」

まあ！

「そんなに大きな声で私の好きなものを把握してることを叫ぶなんて……メアリは独占欲が強いのね」

周りに主張なんてしなくても私はメアリを愛してるのに。心配性なところも可愛いわ。
そんなメアリとの生活を揺るぎないものにする。
そのためには、この恩あるヘッセリンク伯爵家の発展に貢献する必要がある。
魔人なんていう、評判自体は地を這《は》うような家だけど、なにも辛《つら》くはない。
何も心配しなくていいわ、メアリ。私がちゃんと幸せにしてあげるからね。
「怖《こえ》えよお。まじであの優しくて儚げなクーデルはどこにいっちまったんだ……」

【おめでとうございます！　忠臣が閣下の配下になりました！

乳母　アデル
料理人　ビーダー
暗殺者　クーデル

それぞれの忠臣を解説します。

《乳母　アデル》
壊滅した暗殺者組織【闇蛇】の元構成員。攫われてきた子供達を育てる役目を負い、子供達からは母のように慕われていた。
《料理人　ビーダー》
壊滅した暗殺者組織【闇蛇】の元構成員。本拠地で長年食事番を務め、きっぷの良さで若い構成員に慕われていた。粗悪な食材を美味しく仕上げる腕に定評あり。
《暗殺者　クーデル》
壊滅した暗殺者組織【闇蛇】の元構成員。メアリとともに将来の双璧として期待されるなど洗練された技術を持った暗殺者。幼い頃からともに育ったメアリに対し、異常な執着を見せるが、それ以外は至って常識的】

脳内に響いたコマンドのアナウンスのとおり、オーレナングにやってきたのはビーダー、アデル、クーデルの三人。

ビーダーにはマハダビキアの下に付いてもらい厨房の仕事を任せた。マハダビキアからは若くて経験の少ない人材をって頼まれてたけど、ここは魔獣の棲《す》む森と隣り合わせの僻地《へきち》。料理人なんか来るはずないよね。

いや、何人かは来てくれたんだけど時折聞こえる魔獣の咆哮《ほうこう》なんかにビビってすぐに辞めてしまうのが現実だ。

ビーダーを任せると伝えた時、マハダビキアは珍しく渋っていた。前にも言っていたとおり、経験が豊富すぎる人材はどうしても自分の色を出したがるところがあるから使いづらいんじゃないかと。

僕の指示で仕方なく使い始めたって感じだったな。

「おっちゃん！　野菜の下拵《したごしら》え頼んでもいいかい？　俺は肉の方やっつけちゃうからさ！」

「あいよ！　任せときな料理長。いやあ、最近は屑《くず》野菜や屑肉しか扱ってなかったからこの新鮮で瑞々《みずみず》しい野菜に触れるだけで涙が出てくらあ。ありがてえなあ」

「おいおい、おっちゃん。厨房で湿っぽいのはなしにしてくれよ？」

蓋を開けてみれば意外なほど馬があったようだ。マハダビキアに負けず劣らずビーダーも苦労してきたんだもんな。

聞いた話だと、ビーダーは元々評判のいい料理屋を開いていたけど闇蛇傘下のゴロツキに騙されて借金を負わされ、その代償に闇蛇で料理番をさせられてたらしい。

逃げ出さなかったのはメアリやクーデルのような子供が攫われてきていることを知り、せめて美味いものを食べさせてやりたいと思ったからなんだと。

偉ぶったところもなく素直に謙虚にマハダビキアの指示に従って働いてくれている。

「上手くやっているようだな二人とも」

僕の言葉にマハダビキアが腕を広げて大袈裟なリアクションを見せる。伊達男《だておとこ》だからオーバーリアクションが似合うこと。

「おう若様。いや、流石は年の功だわ。おっちゃん、勘もいいし気も利くし、なんたって技術がある。下働きじゃもったいない気もするがね。俺としては大助かりだよ」

大絶賛だな。よかった。

「マハダビキアが喜んでくれるなら勧誘した甲斐があったというものだ。ビーダー。期待しているぞ。我が家は肉体労働で成り立っているからな。朝昼晩の美味い飯。これがなければとてもではないがやっていけない」

「へい、お任せください！　いやね？　料理長の腕と技は本物ですわ。この歳でこの域に達してるなんて、天才ってのはいるもんだねえ」

相思相愛。ただし両方おっさんとする。

「そのマハダビキアが褒めるんだ。ビーダーも一廉《ひとかど》のものなんだろうな。まあ、慣れるまでは無理をしないことだ。いいな？」

「ありがてえことです。おっと、お待たせしてもいけませんや。さっさと下拵えをやっつけちまいますよ。料理長、このあとはどうしやしょうか？」

ここは問題なしと。

さて、次はアデルだ。本来なら僕の子供の世話を任せるところだけど、新婚の僕にはまだいないわけで。我が家の子供といえばユミカしかいない。

なので彼女の身の回りの世話をお願いしている。

「アデルおばさま、髪の毛を三つ編みに結んでほしいの」

「はいはい。こっちにいらっしゃい。そう、そこに座って。すぐにできますからね」

「はーい。うふふ、アデルおばさまは優しい匂いがするから大好き」

「まあ！　可愛いこと。私もユミカちゃんのこと大好きよ？」

癒やされる。あー、癒やされる。癒やされる。

だめだね。二人から発せられるマイナスイオンが語彙を乏しくさせてしまう。

ユミカ単体でも素晴らしいのに、アデルという優しいおばさまというオプションが加わることである意味の完成を見た。

「仲良くやっているようだな。ユミカ、あまりアデルを困らせてはいけないぞ？　ユミカは甘えん坊だからな。アデル、ユミカをよく見ていてやってくれ。頼む」

「もちろんでございます。こんなに可愛い天使のお世話ならずっとしていたいくらいですもの」

「むー。おばさまを困らせたりしないわ！　お兄様のいじわる！」

頬を膨らませて抗議するユミカ。

そんな顔をしても可愛いだけだけど、それを言うと怒らせるだけだな。

こんな時はこのマハダビキアとユミカ懐柔用に作製した飴玉《あめだま》！

「はっはっは！　すまんすまん。この新しく作らせた飴をあげるから機嫌を直しておくれ。さ、口を開けてごらん」

「ん？　んんー。美味しい！」

上手くいったようだ。この子にはこれからも我が家の癒やしであってほしい。

そのためならある程度の予算を注《つ》ぎ込んでも構わない。

これが僕だけじゃなくて家来衆含めての総意だから困ったものだと思わなくもないが、とにかくアデルも問題なく馴染んでると。

さあ、問題の人材を見に行くか。

「甘い！」

「つぐ！　化け物しかいないのかしらここには！　一発も、入らないなんて、どういうことって、ちょ、待って！　きゃあ!!」

訓練のために切り開いた広めの庭に行くと、クーデルがオドルスキの振るう木製の槍に胴を打たれて吹っ飛ぶところだった。

人って飛ぶんだあ、なんて今更驚きもしないけど、女性相手にあんまり無理をしないでほしい。

「手合わせの最中に愚痴をこぼす余裕などないだろう。さあ、次だ。そんなことじゃ私はおろかメアリにすら指一本触れられないぞ？」

「やってやるわよ！　メアリに追いついて、追い抜く！　そのためなら化け物相手の乱取りでもなんでもやってやるわ！　もう一本お願いします！」

「よろしい、その意気だ」

「はあっ！　ってちょ、ま、にゃあ!!」

二人はやる気みたいだけどさ。

飛びかかっては転がされ、飛びかかっては転がされを延々と繰り返してるそれに、何か意味があるんだろうか。クーデル側に手応えなさそうなんだけど。

「オドルスキ。もう少し手加減してやれ。それじゃあ訓練にならんだろう」

「恐れながら申し上げます。クーデルより可能な限り早くメアリの域に達したいとの申し出がありました。であれば尋常の方法では到底その差は埋まりますまい。であれば、尋常ではない方法《ものすごいしごき》で鍛える他ないのです」

脳筋め。もしかしたら一見不毛なこの一方的な攻防にも意味があるのかもしれないけど、やりすぎは良くないぞ。

「クーデルがそれでいいのならこれ以上言わんが、くれぐれも大きな怪我だけはしてくれるなよ？　クーデル、お前も無理をするな。わかったな？」

「はい。お気遣いいただきありがとうございます。速やかに戦力となれるよう努めますので、今暫《しばら》く時間をください」

メアリさえ絡まなければ健気《けなげ》で一生懸命な美少女なんだよね。メアリさえ絡まなければ。

だから本当は外で諜報員しててほしかったんだけど、やむを得ないか。

三人を雇用すると決めた時、コマンドから例のアナウンスもあったたし、手放すなってことだろう。

そんな風に新しく加わった三人が徐々に馴染んできた頃。レプミアの西の端にあるここオーレナングに、また来客があった。

結婚式が終わってから来客が多い気がする。少し前にはクーデル達の件でリスチャードが来ていたし、クリスウッド領から帰って一息つけたと思ったら、今度はなんとアルテミトス侯爵がやってきた。しかもアポなしなうえにお供が五人程度と極めて少ない。

ガストンに反乱でも起こされたか？　と一瞬心配したけど、本人や周りの落ち着きを見るとどうもそういうことじゃないらしい。

「侯爵自らが触れも出さず最低限の供回りだけでこのような僻地までいらっしゃるとは。私が言うのもなんですが、あまり危険なことはおやめいただきたい」

「いや、心配をかけたようで申し訳ない。どうしても可能な限り速やかに、しかも周りに気取られずにヘッセリンク伯とお会いする必要があったのでな」

トラブルが起きましたよってことね。わざわざ目上の侯爵が来たくらいだからよっぽどのことだろう。それとも、またバカ殿がなんかやらかしたか？

「穏やかではありませんね。またぞろご子息がなにか問題でも起こしましたか？」

可能性がないわけではないので一応聞いてみると、侯爵は一瞬目を見開いた後すぐに首を横に振った。ガストン絡みなら笑って済む話だったんだけど、真面目に聞かないとだめか。

「愚息のことならわざわざヘッセリンク伯の手を煩わせるまでもない。次に家名に泥を塗るような真似をしたら廃嫡する旨を宣告しておる」

厳しいな。

まあ他所《よそ》の家の当主の縁談に横槍を入れたことは噂として広まってるみたいだし、そういう醜聞は面子《メンツ》を大切にする貴族にとったら侮られる原因になるわけで。次はないっていう態度で望むのは当たり前か。

下手《へた》したら一発レッドカードだってあり得た。

「ガストン殿も必死でありましょう。今はどこか武闘派貴族の領軍に入軍されていると聞きましたが、元気でお過ごしでしょうか」

「手の者によれば新人への扱きに毎日泣き言を漏らしながら必死で食らいついているようだ。まったく、最初からこうしておけば良かったと今になって後悔しておるわ」

ガストンにもフレーバーテキストが用意されてるんだ。忠臣になってくれる可能性も残されているはずなので、ぜひ頑張ってほしい。

あれ、でもガストンは侯爵家嫡男だよね？　ああ、彼が僕の家来衆に名を連ねる時は廃嫡された時か。

よし、この話は終わりだ。

「ガストン殿の行動が僕とアルテミトス侯の縁を結んでくれたと思えば、こちらはそこまで怒ることができないのですがね。失礼、話の腰を折りました」

「前向きに捉えれば、そうなるか。いや、あまり儂《わし》が領地を空けると勘の良い者には気取られる可能性があるので単刀直入に。一部貴族のなかに、貴殿を面白くなく思っている層がいるようだ。理由はわかるだろう」

「式で、王太子のお言葉を賜ったことですか。はあ……」

ついに来たか。

家臣に恵まれた
\ 転生貴族の /
幸せな日常

KASHIN NI
MEGUMARETA
TENSEIKIZOKU NO
SHIAWASE NA
NICHIJOU

間章　ある侯爵家嫡男の日常

俺はガストン・アルテミトス。栄光あるアルテミトス侯爵家に生まれた俺は、父の後継ぎとして様々な研鑽《けんさん》を積む日々を送っていた。

ほとんどの家来衆や領民はそんな俺に膝を屈し、頭を下げ、敬う姿勢を見せる。

一部父上直属の古参《こさん》家来衆には言うことを全く聞かない人間もいたが、俺は懐の深い男だ。侯爵になってから関係を正し、上下をわからせればいい。

俺は、未来がこの青空のように明るく澄み渡っていることを、信じて疑わなかった。


しかし、そう本気で信じて疑わなかった俺の未来は、すぐに暗く曇り始める。

俺は、愛するアルテミトス侯爵領を遠く離れ、親戚筋にあたる武闘派を謳《うた》う貴族家の領軍の一員として日々を過ごしていた。

「走れ！　そんな体たらくでアルテミトス侯爵家の後継ぎとは。開いた口が塞がらんわ!!」

領軍の隊長格の一人が俺を追い立てながら大声で怒鳴る。

「うる、さい！　クソがッ！」

何周走ったかももう覚えていない。そもそも何周走ればいいかも教えられてない。鎧兜《よろいかぶと》に盾に槍《やり》を持たされたままひたすら走らされ息も絶え絶え。そんな、今にも倒れそうな俺を後ろから追い立てるとは悪魔の所業だ。

いつか目にもの見せてくれると力を振り絞り吐き捨てると、悪魔が言う。

「生意気に口答えする元気だけはあるようだな！　ようし、特別に五周追加だ！　遅れれば遅れるほど寝る時間が遅くなると思え！」

振り返らなくてもわかる。

俺を追い立てる悪魔は今、満面の笑みを浮かべていると。

「地獄かここは！　俺は、アルテミトス侯爵家の！」

「廃嫡寸前の馬鹿殿が軽々しく家名を語るな愚か者め!!　そんなに元気ならもっとおかわりをくれてやろうか!?」

廃嫡寸前。

この言葉を受けて、鉄の精神を誇る俺の心臓も流石《さすが》に大きく脈打つ。

なぜこうなった。

そう考えた時、脳裏に浮かぶ一人の男の顔。

ニヤニヤと笑いながら俺の愛するエイミー・カニルーニャ嬢を攫《さら》っていった憎き敵、レックス・ヘッセリンク。

それもこれも全てあの魔人のせいだ！　あの魔人さえ、あのヘッセリンクさえしゃしゃり出てこなければ、こんなに辛《つら》い目に遭わなくても済んだのだ！

俺はただ、義憤に駆られてエイミー様を救おうとしただけだというのに、なぜ誰もそれを理解しようとしない！

許さんぞレックス・ヘッセリンク！

今に見ていろ。この逆境を見事乗り越えた暁には、その首を獲《と》りに行くからな!!

「何をぼーっとしている！　足を動かせ！　腕を振れ！　そんなことでは、戦場に立った瞬間死ぬぞ!!」

「うるさいうるさいうるさい！　目にもの見せてくれるわ!!　このガストン・アルテミトスを舐《な》めるなよ!!」

「できるなら初めからやらんか新入り!!　いいぞ!!　走れ走れ!!」

そこからさらに十周走ったところでようやく許された俺は、武具を所定の場所に戻したあと、軽く布で身体《からだ》を拭い食堂に向かう。

本当なら風呂に入りたいところだが、腹が減ってそれどころではない。

「くそっ！　今日も酷《ひど》い目に遭った……。唯一の救いは飯が美味《うま》いことだが」

味、量とも申し分なし。アルテミトス侯爵家の厨房《ちゅうぼう》とも遜色ない飯が出てくることに初日から驚いたものだ。

「あら、新入りの偉そうなお兄ちゃんじゃないか。こんな時間に来るなんて、あんたまた罰走させられてたのかい？　懲りないねえ」

フラフラと食堂に入った俺に、馬鹿にしたような言葉をかけてきたのは食堂を仕切る料理人の女。母上と同世代に見える女は、ニヤニヤと笑いながら厨房から出てきた。

「うるさい。ただでさえクソみたいな訓練で腹が立っているんだ。黙って飯を出せっていったあ!!」

走らされすぎて気の立っている俺が噛《か》みつこうとすると、文句を言い終わるより先に握っていたお玉で頭を痛打される。

「誰に口利いてるんだい。飯が欲しけりゃまずはその汚れた面と手え洗ってきな」

「クソババ」

「なんか言ったかい？」

「い、いや。なにも」

地獄耳め。だが、俺もアルテミトス侯爵家の嫡男。料理人に執拗《しつよう》に絡んだりはしない。決して女の迫力に負けたわけではないのだ。

大人しく顔を洗って戻ってきた俺を見て、料理人がニヤリと笑う。

「よろしい。ちょっと待ってな。本当なら冷めたもんしかないけど、せっかくだからあったかいもん作ってあげるよ」

そう言われて待つことしばし。運ばれてきたのは、何かの肉と野菜を炒《いた》めただけの簡単な飯。

しかし、これがまた格別に美味いことを俺は知っている。

「……美味い」

一口食べただけで自然とそんな言葉が口をつくほどに。

料理人は、それを聞いて笑みを深めた。

「だろう？　訓練終わりの兵士の胃袋満たさせりゃ、おばちゃんの右に出るもんなんてレプミア広しといえどそうはいないからね」

その自信は鼻に付くが、言うだけのことはある。実際、はしたなくも一心不乱にかき込んでしまう程度には美味いのだから。

「兄ちゃん。あんた、偉い貴族様の息子らしいじゃないか」

腹が満たされてようやく落ち着いた俺に、料理人がそう声をかけてくる。

「む、なぜそれを？　やはり俺様ほどになると溢《あふ》れ出《で》る気品が」

「他の子達《たち》が噂《うわさ》してたよ。とにかくまあ態度がデカいってさ。うちの子達は荒くれ者が多いけど、兄ちゃんほど評判が悪いのも珍しいよ」

なるほど、周りの小物達がさえずっただけか。くだらん。

「理解できないかもしれないが、俺は侯爵家の嫡男だ。ただただそれに見合った生き方をしているに過ぎない」

態度がでかい？　アルテミトス侯爵家の嫡男がヘコヘコと頭を下げて腰を低くして生きろとでも？　馬鹿を言うな。

そう考えていると、呆《あき》れたよう目でこちらを見る料理人と目が合う。

「やらかしてここに放り込まれたらしいお馬鹿さんが言うことだけは一丁前だね。まあいい、精々頑張りな。おばちゃんは食堂での決まりさえ守ればちゃんと美味いもん食べさせてあげるから」

その代わり、決まりを破ったらわかってるだろうね？　とお玉を見せつける。

なぜだろうか。どんな業物《わざもの》よりも今この場ではあの銀色に光る調理道具が怖い。

しかし、それを口にするのは俺の自尊心が許さないので黙っておくことにする。

「たかだか料理人のくせにその態度は気に入らんが、作るものだけは認めてやる。いいだろう、アルテミトスへの帰還が許された暁には我が家の専属としてえっ!?」

せっかくアルテミトス侯爵家の家来衆として誘ってやろうというのに、俺の頭に再度お玉が振り下ろされた。

一体なぜ!?　泣いて感謝するところだろう!?

「その顔だとなんで殴られたか理解してないみたいだね。いいかい？　たかだかやらくせにやら。人を人として見てないからそんな言葉になるんだよ。そんなんじゃあ、お家に帰れる日は遠いだろうねえ」

第二章　転生貴族と悪だくみ

アルテミトス侯から話が来るなんて思わなかったけど予想できたことだ。諜報網《ちょうほうもう》の整備を急がないとな。それにしても気が重い。

「真に恐ろしいのは女ではなく男の嫉妬とはよく言ったものだが、話はそう簡単なものでもない。十貴院が絡んでおるようだ」

「冗談でしょう？　十貴院に属している家となれば、確固たる地位を確立済みのはず。わざわざ我が家のような小身貴族を目の敵にする必要があるのですか」

猫の額程度の可住部分しかない領地を治めるだけのケチな伯爵家ですよ我が家は。次の王様から結婚を祝福されただけで何を騒ぐことがあるのだろうか。

「確固たる地位を確立しているからこそ、下から追い上げてくるヘッセリンク家に恐怖を感じているのだろうな。それに、これまでのヘッセリンク伯爵家は最低限の人数しかこのオーレナングに置かないのが慣例であったが、貴殿は少しずつであるが人を増やし始めた。しかも元は当家の兵であったフィルミーやカニルーニャの家宰ハメスロットなど選《よ》りすぐりが目立つ。これまでは文句も言わずに僻地《へきち》で魔獣の相手をしてくれていた欲のない変わり者が、一転して人を集め始めたことに危機感を覚えたのではないかと見ている」

エイミー《妻》、ハメスロット《執事》、フィルミー《斥候》、アデル《乳母》、ビーダー《料理人》、クーデル《暗殺者》。

危険なのはクーデルだけじゃない？　ギリギリ、フィルミーも戦闘員かもしれないけど、え、本当にそんな理由？

「人を集めると言っても、ハメスロットは執事ですし、最近雇ったのも乳母《うば》や料理人ですよ？　それを見てなにを恐怖するのか……。理解に苦しみますね」

「あのヘッセリンク家がわざわざ雇い入れるくらいだからきっと尋常の者ではないという妄想に取《と》り憑《つ》かれているのよ。吹けば飛ぶような泡沫《ほうまつ》貴族でもあるまいし、まったく嘆かわしい」

当たらずとも遠からずか。確かに妻はマジカルストライカーなんていう魔法少女的なジョブの猛者《もさ》だし、乳母と料理人も元暗殺者組織所属だ。

ただ、闇蛇絡みがバレたってことはないだろうから、やっかみと当てずっぽうだと思われる。

「まあ、十貴院が一枚岩であったことなど古今東西《ここんとうざい》あり得なかったことでしょう。それを考えれば今回のことも珍しくはないのかもしれない。元々好かれている家ではありませんからね我が家は」

「それはもっともだが、それで済む話ではないのだ。馬鹿者どもが騒いでいるだけで儂《わし》がわざわざオーレナングまで足を運ぶとでも？」

好かれてないことは否定してほしかったです。

「続きがあるのでしょうね。なんでしょうか。まさか、我が家に戦を仕掛けようなどと考えている愚か者がいるのではないでしょうね？」

「戦を仕掛ける気概があるのならばまだいいだろう。その痴《し》れ者《もの》は事もあろうにヘッセリンク伯爵家が王家への反乱を企てておるとし、十貴院を招集して糾弾する構えを見せているのだ。まったく度し難い。貴族の責務をなんと心得ておるのか！」

腕力で勝てないから議論の場で晒《さら》しあげてマウントを取るつもりなのか。

あー、小学校の帰りの会を思い出すな。先生、○○君が掃除をサボりました、いけないと思います！　みたいな。

ちなみに僕は晒したことも晒されたこともないぞ。

【十貴院会議と呼ばれるその集まりは、国の根幹を揺るがすような事態が起きた時に招集される会議です。集まるのは数字を割り振られた家の当主達《たち》。欠席の場合は白紙委任状を出したものと見做《みな》されます】

つまり欠席禁止か。いや、元々欠席なんかするつもりないけどさ。仕組みなんかはコマンドにちゃんと確認したうえで臨まないと。

「僕が人を集めることが国の根幹を揺るがすようなことでしょうか？　おかしな話ですが、無理を通せば道理が引っ込むと言いますし、何かしら勝算があるのでしょう。とりあえず王太子殿下には文でお知らせしておきましょうか。なんと言っても責任の一端は殿下にありますから」

早速責任を取ってもらう場面ですよ殿下。いっそのこと会議に臨席してもらうか？　いや、そうするとまた贔屓《ひいき》だなんだって騒ぐ奴《やつ》がいるか。

ハメスロットとジャンジャックに相談だな。

「それがいいだろう。私はヘッセリンク伯の味方をするが、他の家はどうするつもりやら。ああ、言い忘れたが、今回の騒ぎの中心は十貴院の七、エスパール伯爵家だ」

そう言い残し、アルテミトス侯爵はバタバタと自領へと帰っていった。

わざわざこのためだけにお忍びで来てくれたなんてありがたいな。今度魔獣のお肉でも渡しておこう。

さて、エスパールについてコマンドに確認しておこうか。

【エスパール伯爵家。西方を治めるヘッセリンク伯爵家に対し、北方に領地を持つ上級貴族です。現伯爵は第二近衛で副隊長を務めていました。そのためか、現在は領軍の強化に余念がなく、定期的に領内各地で大会を開いて腕自慢達を取り込んでいるようです】

北か。

この国も北は雪が降るのかな？　厳しい土地柄で南の土地を虎視《こし》眈々《たんたん》と狙ってるとかよくある展開だけど。

【レプミアの北限まで行けば雪も降りますが、エスパール領の大半は年中涼しく非常に暮らしやすい気候です。王家にも貴族にも避暑地として人気が高い観光立領といったところでしょうか。それに、レプミアは特に戦国時代ではありませんので他領に侵攻したりされたりということはあり得ま

せん】

味方同士でドンパチやらかすことはない、と。

しかしエスパールは観光が主要産業か。カニルーニャは農業で、アルテミトスは……。

【さまざまな産業を保護していますが、強いて言えば鉱石採掘でしょうか。良質な鉱山を複数有しています】

へえ、なんか裕福そうだな。

いや、侯爵なんだから当然裕福なのか。我が家の財政状況って国の中で言うとどのくらいの水準なんだろう。

【裕福さというざっくりとした表現でよろしいのなら、上の中です。富豪と言っても差し支えないでしょう。高価な魔獣の素材を市場に流して財を得ていますが、人件費は最小限ですし、歴代当主は基本的に贅沢《ぜいたく》を好まない方々でした。入ってくるけど出ていかないので内に貯《た》まるという形です。国の経済を考えれば決して良いことではないのですが】

確かになあ。最近人を雇ったし、エイミーちゃんがたくさん食べることを考えて食料の備蓄を大幅に増やしたけど、それでも他の家に比べたら支出は微々たるものだ。領民がいないからインフラ整備の必要もないし。

【ヘッセリンク家よりも売上のある家はたくさんありますが、利益という面で見れば先ほど申し上げたとおり、上の中に分類されるかと】

エイミーちゃんやユミカにひもじい思いをさせる心配がないのはいいことだ。

しかしどうするかね。いっそエスパールで会議したいですってこっちから手紙送ってみるか？　そうしたらエイミーちゃんも連れて旅行がてら観光できるし。

よし、それでいこう。

「メアリ。クーデルにいつでも遠出ができるよう準備するよう伝えておいてくれ。あとイリナにもエイミーの旅の準備をするようにと」

「あいよ。貴族様も大変だな。出る杭《くい》が打たれるのはまあわからなくはないけど、他人に引っ張り上げられても打たれるなんてさ」

上手《うま》いこと言うね。

今回僕は自分からしゃしゃったわけじゃなく、王太子のせいで目立つハメになったのに、悪く言われるのはこっちだなんて酷《ひど》い話だ。

けどそれが貴族の政治なんだと言われたらそうなんだろうなあ。政敵の足を引っ張って退場させる。

思い切ってこれを機に十貴院から降りるっていうのはどうだろう。ペナルティーとかあるのかな。

【十貴院から退くことについて直接のデメリットはありません。強いて言うならば、面子《メンツ》に傷がつくことです。十貴院であることは我が国の貴族にとって最上のステータス。そこから落とされるということは権勢が衰えたという証拠なのです】

面子か。つまりノーダメージということだな。ＯＫＯＫ。

反乱を起こすつもりがないという証《あかし》に十貴院やめますって言えば周りからも文句は出ないだろう。

一応、ママンには手紙出しておくか。

「またなんか企《たくら》んでやがるな悪徳伯爵」

「人聞きが悪いぞ？　この家を守るために思い切ることを決めただけさ」

そう、思い切って十貴院を引退して普通の貴族になることをね。

要はヘッセリンクが目立ちすぎてたから嫌われてるんだろう？　表舞台から退けばその傾向も薄まるはずだ。

歴代この座を守ってきたご先祖様には悪いけど、僕の代で魔人の名は返上してやる。

「……絶対アデルおばちゃんやビーダーのおっちゃんの前でその台詞《せりふ》言うんじゃねえぞ？　兄貴のそれは反乱起こしますと同義なんだから」

思い切る《それは》

簡単に反乱って言うけど、そもそも歴代のヘッセリンク家当主が反乱起こしたことなんかあるのか？

【ありません】

ですよね。反乱なんか起こした家が護国卿《きょう》なんて呼ばれるわけないし。

そうなると僕個人が反乱を起こしてもおかしくない輩《やから》と思われているのか。

甚だ遺憾であります。放っておいてくれれば粛々と魔獣を狩ってその素材を市場に流すだけの大人しい家なのにさ。周りが必要以上に警戒して我が家の存在を大きくしてしまっている。

これも会議で伝えた方がいいな。

『十貴院辞めるから放っておいてくれ』

これが基本方針だ。

「クーデルとイリナへの言付けが終わったら、ジャンジャック、ハメスロット、オドルスキ、フィルミーにここに来るよう伝えてくれ。もちろんメアリも参加するように」

「その面子集めるなんてやっぱ戦じゃねえかよ……」

馬鹿だな。戦ならエイミーちゃんとクーデルも呼ぶに決まってるだろう。

全戦力をもって王城を叩《たた》く。電撃戦だ。

いや、やらないよ？　やるならそうだよってだけで。

「誰が戦なんて非効率なこと好き好んでするか。だが、次の十貴院会議では国が揺れる可能性があるから家来衆には先に僕の考えを伝えたいんだ」

「じゃあ女性陣も呼んだ方がいいだろ。後回しにしてごちゃごちゃしても知らねえぞ？　特にアリス姉さん。あの人を怒らせる勇気があるなんて流石《さすが》は魔人様だ。……絶対助けねえぞ俺は」

はっはっは、なんだそれは。そんなことで僕が考えを曲げるとでも？

ある程度の方針を出した後に非戦闘員のみんなに説明した方が安心感を与えられるという確固とした信念のもとに出した指示だ。

「全員招集。指示は以上だ」

が、家来衆の進言は積極的に採り入れられる柔軟性があるところを見せるのも当主としての懐の深さなわけで、決して日和《ひよ》ったわけではない。

「ご理解いただけて感謝。ヘッセリンクの女は怖《こえ》えからな。大事だぜそういうの」

薄く笑ったメアリが部屋を出てから十分も経《た》った頃には、家来衆全員が執務室に集合する。

「レックス様。全員をお集めになるとは、何か厄介ごとでも？」

ユミカまで招集されていることにみんなが目を丸くするなか、ジャンジャックが代表して口を開く。

「ああ、実は」

アルテミトス侯からもたらされた情報を伝え、十貴院を辞めることの是非を問うてみた。

イリナやアデル、ビーダーはなんでそんなことをわざわざ自分達に聞くんだと不思議がり、僕がやりたいならやったらいいじゃないかという意見。

ジャンジャック、アリス、オドルスキも概《おおむ》ね同じ意見だけど、どちらかというと積極的に僕の考えを支持してくれた。

ヘッセリンク伯爵家が十貴院の座を棄《す》てるという形を取ることは、我が家がその地位を必要としていないことを示していて、対外的にヘッセリンク伯爵家の強さをアピールすることになると考えているようだ。

話聞いてたかな？　僕は反乱の意思がないことをアピールするために自ら十貴院の座を降りたいんだ。

そんな名誉職なくてもやっていけるから大丈夫っす！　ってことじゃない。

そこをいくとフィルミーとハメスロットの常識人コンビはデメリットを指摘してくれる。

こういう時に外から取り込んだ家来は貴重だな。

指摘されたのは二つの可能性。

一つ目は、周りから家の力が弱まったんじゃないかと見られて侮られる可能性。

二つ目は、十貴院の座を軽視することで王家からの不興を買う可能性。

十貴院の座に座り続けるメリットは？　そんなものはない、と。なるほど。

「他の貴族家ならば見栄《みえ》やプライドを満たすという効果を得られます。家来衆も十貴院に属する家に仕えているということは自慢にもなりましょう。しかし、良くも悪くも我がヘッセリンク伯爵家に見栄やプライドほど縁のないものはありません」

左様で。

メリットがないなら離脱しても良さそうだけど、デメリットの二つ目はよろしくないか？

「反乱の意思がないことを示すためだと言い張ればいいだろ？　そこが出発点なんだしさ」

「そうね。伯爵様は王太子殿下と繋《つな》がりがあるのですから、その伝手《つて》を活用して陛下に訴えることは可能ではないでしょうか」

暗殺者コンビは賛成と。

常識人コンビも王太子ルートを通して反乱の意思なしと伝えることができるのであればという条件付きで賛成。

「若様の思うとおりにやってみりゃいいじゃない？　大丈夫だって。これまでだって若様が貧乏くじ引いたことなんて見たことあるかい？　ないだろう。この人はそういう星の下に生まれてんだよ」

「うん！　お兄様はいつも正しいもの。ユミカもおじさまの言うとおりだと思うわ！」

「そうだよなあユミカ！　よしよし、頭のいい子にはおじちゃんが飴玉《あめだま》あげような」

「マハダビキア。あまり甘いものばかり与えるな。まったく」

「そうですよマハダビキアさん。ユミカちゃんも飴玉は決まった時間だけにしないといけないわ」

「はーい、アリス姉様」

「へいへい。まったくうるさい親父《おやじ》とお袋だなユミカ。今度はこっそりあげるからな。おじちゃんと二人だけの秘密だぞ？」

「だ、誰が親父とお袋だ！　アリス嬢に失礼だろう！　まったく、なにを言っているのか。申し訳ありませんアリス嬢。奴にはよく言っておきますので」

「……」

おう、当主を無視して夕方やってる外国のホームドラマみたいなやりとりするのやめなさいよ。

顔を赤くして焦るなオドルスキ。早口になる癖出てるぞ。

アリスも眉間に皺《しわ》を寄せるな。ヘタレ聖騎士の反応に不満が顔に出てるぞ。

そいつが勇敢なのは戦場だけだ。この場でアクションを起こすのを期待するのは無理無茶無謀です。

イリナに目線を移すと頷《うなず》いてくれた。うむ、フォローを頼むぞ。

「私もレックス様のなさることに反対するつもりはありません。されたいようにされればよろしいのです。それこそ魔人レックス・ヘッセリンクのあるべき姿なのですから」

エイミーちゃんが蕩《とろ》けそうな笑顔で僕を全肯定してくれる。

危険じゃない？　ちゃんとブレーキ踏んでくれないと困る時もあると思うんだけど。一緒にアクセル踏んじゃうのね。

そんな僕達を家来衆が満足そうな笑顔で見守っている。おかげさまで仲良くさせていただいてますよ。

結果、賛成十三、反対、保留ゼロ。よって本件は全会一致で可決された。

「基本方針は決まった。今後我が家は十貴院を離脱することを前提に動くことになる。まあ特に何が変わるということもないので緊張することはないが、一応先に王太子殿下と母上には文を送ることにしよう。ああ、それとエイミー。君には旅行がてら十貴院会議についてきてもらおうと思っている。イリナ、エイミーの旅の準備を頼む」

「まあ。それは楽しみです。イリナ、どの服を着て行こうかしら」

「そうですね。では、アリスさんとユミカちゃん、アデルさん、クーデルも。みんなで奥様のお洋服を選びましょう！　ヘッセリンク伯爵家は奥様まで素晴《すば》らしいのだと印象付けられたら素敵だと思いませんか？」

女性陣総出でエイミーちゃんの旅の装いをプロデュースしてくれるらしい。

背があって頭が小さいモデル体型だから腕が鳴るだろうね。

でもあんまり派手にしないでほしい。僕が浮いてしまうから。

「随行はメアリとクーデルに頼もうと思っている。二人ともいつでも出立できるよう準備しておいてくれ」

女性陣とキャッキャと盛り上がっていたクーデルが驚いた顔で僕を見た。なにか不都合でも？

「よろしいのでしょうか、新参の私が奥様のお世話をするなんて。恐れ多いことです」

本当、メアリが絡まなければまともなこと。ユミカが絡まない時のオドルスキみたいなものか。

「出自や仕えた年月で差別はしない。できることをできる人間に頼む。それだけだ。クーデルなら僕の可愛《かわい》い妻を危険に晒したりしないだろう？　メアリ。出発までに最低限の侍女としての立ち居振る舞いをクーデルに叩き込んでおくように」

「俺かよ。しゃあねえか。クーデル、時間ねえから覚悟しとけよ」

「問題ないわ。課せられた仕事はきっちりこなす。それが闇蛇の矜持《きょうじ》というものでしょう？　それに、メアリと二人きりでお勉強なんて最高のご褒美だもの」

こっちを見るなメアリ。決定に変更はないぞ。

というわけで、いつ会議に招集されてもいいように当面は屋敷と森を往復する生活になった。遠出をして会議に間に合わないとか洒落《しゃれ》にならないから。

この世界には当然電話なんかないし、連絡方法は手紙オンリー。通信魔法というものは存在しないらしく、ジャンジャックにはそれが開発されたら世界が変わると言われた。

そんなある日、ようやく待ちに待った手紙が届けられる。

「伯爵様、ゲルマニス公爵家より文が届きました。十中八九、十貴院会議への招集状だと思われます。ご確認ください」

王家からのものに勝るとも劣らない紙質の封筒に、羽の生えた虎という強さアピールの過ぎる家紋が嫌でも目を引くね。

【ゲルマニス公爵家。有史以来、十貴院の一に君臨し続ける貴族の中の貴族です。イルス子爵家がアルテミトス侯爵家の下位互換と呼ばれるのに対して、ゲルマニスはアルテミトスの上位互換と言えるでしょう】

つまり、万能系貴族の頂点か。

「羽の生えた虎が家紋とは仰々しいものだな」

「金塊積み上げてる家には言われたくないだろうよ」

確かに。家紋の趣味の悪さで言えば、我が家が他の追随を許さないのは意見が一致するだろう。

片や羽を生やした虎、片や積み上げられた金塊。この時点で主義主張が違いすぎるわけで、わかり合えるか自信がない。

「外側は豪奢《ごうしゃ》だが、中身は簡素なものだな。日程と場所が記されているだけで無駄な美辞麗句は一切なし。そうこなくては。何枚にもわたっていらん挨拶が書かれていたらうんざりするところだ。よし、貴族の中の貴族からのお手紙など貴重だからな。これは記念に保管しておこう」

「保管はいいけどさ。会場はやっぱり国都か？　それなら慣れた道のりだから護衛もやりやすいんだけど」

国都なら勝手知ったるものだし、メアリなら街のどこになにがあるか完璧に把握してるだろう。クーデルも国都の地理は完璧だと言っていた。

仕事の場になることが多いから頭に叩き込んだらしい。

でも今回はそこじゃないんだ。

「残念だったなメアリ。会場は、エスパール伯爵領だ。風光明媚《ふうこうめいび》な観光地で、いつかエイミーを連れていきたいと思っていたんだよ。いい機会だから直接エスパール伯爵に文を送ったんだが、どうやら希望が通ったようだ」

「どんな手紙送ったらそうなるんだよ」

「ん？　欠席は白紙委任だからサボれないと思っていたのだが、今回の会議は僕を吊《つる》し上《あ》げることが目的だろう。であれば僕が欠席しては成り立たない。だから軽く脅してやったのさ。『エスパール伯爵領で会議が開催されないなら欠席するぞ。それが嫌なら全力で開催地を調整してくれ』とな」

「被告人が上から目線で裁判の開催地指定とかとんでもねえな。いつの間にそんな手紙送ったんだよ」

「先日雇用したお前のお仲間を使ったのだ。諜報網の試運転がてらにな。なかなか快適にやり取りができたぞ。今までならメアリ一人で行き来してもらっていたが、複数人で取り掛かるからだいぶ効率が上がったな」

忠臣のアナウンスは出なかったけど、元闇蛇で後方支援を担当していた四人も、すごく優秀だったっぽい。

手紙を渡したらあっという間に返事を持って帰ってきて、オドルスキやフィルミーもその連携の無駄のなさを高く評価していた。

「まあそうだろうな。あの四人は後方支援の専門家だ。手紙の配達くらい朝飯前だろうよ。ていうか使い方がもったいねえ！」

もったいないも何も今後はそういう使い方しかしないんだから。

情報を集めて素早くこちらに送ってもらう。その取捨選択や分析はこっちで引き受けるので彼らに求めているのはズバリスピードだ。拙速は巧遅に勝る。なのでとにかく速く。

それがヘッセリンクの諜報網が目指す姿です。

「本人達は勘を取り戻すのにちょうどいいと笑っていたがな。秘密裏に貴族家間を往復して勘を取い」

り戻せるとは流石だ」

「そうかよ。まあ楽しんでるならなによりだよ」

「エスパール伯爵は怒り心頭だったらしいぞ？　自分の立場がわかっているのかと騒いでいたらしい」

どうやらエスパール伯には僕の意図するとこが正しく伝わったようだ。

旅行のついでに会議に寄るよって。そりゃ怒るわな。

「本当に悪い奴だよな兄貴は。おちょくるだけおちょくって離脱しようってんだから。あちらさんの頭の血管切れても知らねえぜ？」

「そんな細い神経では十貴院の当主などやってられないさ。繊細な僕は残念ながらその席から退場するわけだが」

「言ってろよ。で、いつ出発するんだ？　俺とクーデルは準備済んでるし、エイミーの姉ちゃんもようやく持ってく服が決まったらしいからあとは兄貴の号令待ちだ」

エイミーちゃんはどんな服着てくれるのかな？　あんまり露出が多くない方がいいけど、旅行だから多少はハメ外すのもありか。

僕の方はアリスとのタフな交渉の末に白、灰、黒など落ち着いたモノトーンを基調にした服装に落ち着いた。他所《よそ》の家でギンギラギンはちょっとね。

「そうか。なら、明日発《た》とう。早く着いて勝手に観光する分には文句も言われないだろうしな。ハメスロット、構わないか？」

「結構です。留守は私とジャンジャック殿でお預かりいたします。奥様をどうぞよろしくお願いいたします」

「ああ。新婚なのに最近は森で魔獣討伐しかしてないからな。たまにはのんびり過ごすことにしよう」

最近は専ら二人で魔獣の討伐をこなしている。朝から出かけて昼過ぎに戻ってくるスケジュールだ。

小型から中型はエイミーちゃんが倒し、デカいのはゴリ丸かドラゾンが蹂躙《じゅうりん》する。これが意外と効率が良く、順調に肉の備蓄が増えている。

「毎日毎日文句も言わずに兄貴と魔獣討伐に出かけるんだから図太《ずぶて》えよエイミーの姉ちゃんは。返り血浴びたまま帰ってきた時は流石に兄貴が捨てられるかと思ったけど、満面の笑みだったからな」

「仕方ないこととはいえ、幼い頃からお屋敷から出ることのなかった奥様のあのような生き生きとしたお顔を毎日拝見できるだけでこのハメスロット、思い残すことはありません」

真面目。でも我が家の常識人代表としてまだまだやってほしいことはあるし、死なれちゃ困る。人間、満足すると急に老け込むからな。

「おや、これは意外だ。エイミーの子を抱かずに死ねるのか？」

エイミーちゃんを小さい頃から見てきた執事さんにはこれが一番効くだろう。

案の定目を見開いてフリーズして、大きく息を吐くハメスロット。心を落ち着けたみたいだ。

「舌の根も乾かぬうちの前言撤回をお許しください……それを聞いてはまだまだ死ねません。伯爵様とお嬢様のお子様。さぞかし可愛いのでしょうな」

家臣に恵まれた
＼転生貴族の／
幸せな
日常

KASHIN NI
MEGUMARETA
TENSEIKIZOKU NO
SHIAWASE NA
NICHIJOU

間章　エスパール伯へのお手紙

『この度は、私ことレックス・ヘッセリンクの行動が誤解を招いたようで大変申し訳なく。エスパール伯爵殿におかれては、ヘッセリンク伯爵家がオーレナングに常駐する人間を増やしていることにただならぬ恐怖と不安を覚えていらっしゃるとか。今回の十貴院招集は、レプミアの繁栄を願い、ともに国王陛下をお支えする同志である先達の皆様に私の真意をお伝えする良い機会だと捉えております。そのきっかけを与えてくださったエスパール伯爵殿に心より感謝を。さて、今回の会議に参加させていただくにあたり、厚かましくも一つお願いがございます。今回の十貴院会議の開催地がエスパール伯爵領となるよう、御尽力いただけないでしょうか？　私事ではありますが、最近妻を迎えたばかりであります。連れ立って旅でもしたいと思っていたところに降って湧いたような今回の招集。ちょうどいいので観光地として名高いエスパール伯爵領に夫婦連れ立ってお邪魔したいと思っているのです。旅行がてら会議にも参加できれば手間もありません。よろしくご検討ください。なお、それ以外の場所での開催となればエスパール旅行を楽しみにしている妻も、そんな妻を心より愛している私も十分に楽しむことはできないでしょう。その場合は、残念ながら会議の欠席を検討せねばならなくなること、お含みおきください』

「ふざけておるのか若造があっ!!」

ヘッセリンク伯からの使いと名乗る男が持参したらしい文を、怒りに任せてぐしゃぐしゃに丸めて放り投げる。

押された印から本物であることがわかるからなおさら腹立たしい。

「落ち着いてくださいで父上。文に当たっても仕方ないでしょう」

次期エスパール伯爵となる予定の長男が宥《なだ》めるようにそう言うが、あまりの内容に私の怒りは収まらない。

「これが落ち着いていられるか！　殊勝にも反省の文でも寄越《よこ》してきたかと感心していれば、開催地が我が領地になるよう尽力しろ？　旅がてら会議に参加する？　それ以外なら欠席も辞さない!?　自分の立場が理解できておらんのか!!」

私とて伊達《だて》に貴族などやっていない。だからこそはっきりとわかる。

この文の第一の目的は、私を煽《あお》ることだと。

「旅の候補地として我が領が挙がっているのはいいことでしょう。あのヘッセリンク伯爵が結婚間もない奥方を連れて訪れたとなれば話題作りにもなります」

床に落ちた文を広げ、内容に視線を走らせて笑う長男。

「そういう次元の話をしているのではない！　若造に舐《な》められているのが問題だと言っておるの

だ!!」

貴族にとって他家に下に見られるということがどれだけ致命的なことか。

よくよく言って聞かせようとするが、それよりも先に息子が口を開く。

「ならば突っぱねればよろしいでしょう。十貴院の開催地に関する規定などはあるのですか？」

「……そんなものはないはずだが、基本的には国都で行われるのが慣例だ。そうだ、易々《やすやす》と慣例を破ろうとしている点も腹立たしい!!」

大体昔からヘッセリンク伯爵家自体が気に入らないのだ。

自由気ままに掻《か》き回《まわ》すだけ掻き回しておいて、ヘッセリンクだから仕方ないで済まされるあの家が！

「はあ……。我がエスパール伯爵家の方が格上なのですから、もっとドンと構えていればいいでしょう」

「お前は一体どの立場なのだ！」

そんな私の怒りは、悲しいかな若い者には届かないらしく、面倒臭そうに顔を顰《しか》めて首を横に振られる。

「それで、どうなさるのですか？　国都で開催となれば、肝心のヘッセリンク伯が欠席される可能性が出てまいりますが」

それはまずい。今回わざわざ十貴院会議の開催を根回ししたのも、将来の国王たる王太子殿下の右腕と呼ばれて調子に乗っておるあの若造を糾弾するため。欠席されては意味がない。

「くそっ。生意気で不躾《ぶしつけ》な若造の思うとおりに動くのはシャクだが、いいだろう。思惑に乗ってやる。ヘッセリンクへの返事とともに他の八家にも文を出す」

「承知いたしました。会議の前後は警備を増やすよう手配いたします。宿も押さえて……いや、ご自分の別荘にお泊まりになるかも伺わなければ」

「構うものか。この街にある高格付けの宿をいくつか押さえておけ。参加者には分散してそこに泊まってもらうよう伝えておく」

私の指示を受け、長男が部屋を出て行った。後継者としての事務的な能力に過不足はない。あとは、貴族らしさというものをどう養うかが課題だろう。

それも、この機会にヘッセリンク伯爵家を締め上げたうえでゆっくり考えればいい。

「覚悟しておれ若造。先達として、レプミア貴族というものの厳しさをしっかり叩《たた》き込《こ》んでやるわ！」

第三章　転生貴族と十貴院

エスパール伯爵領都。

純白の石で作られた建物群と植物の鮮やかな緑が計算尽くで配置された、風光明媚《ふうこうめいび》を絵に描いたような街だ。

観光産業に力を入れているのがわかる。どの方角を見ても白と緑が同じ割合になるなんて相当な努力の賜物《たまもの》だろう。

招集状で指定されたホテルは街の中央にあって、もちろん外観も内装も真っ白。僕としてはもう少し色があってもいい気がするんだけど、女性陣は大興奮だ。

「そんじゃ、これが兄貴と姉ちゃんの部屋の鍵な。俺とクーデルは隣の部屋だとさ。部屋同士は中で繋《つな》がってるらしいからなんかあったら呼んでくれよな」

「ああ、わかった。お前達《たち》も疲れているだろう。今日はゆっくり休んでくれ」

この旅の間は女装せず執事風の細身のスーツに身を包んだメアリ。

長い黒髪をいつものポニーテールじゃなくて後ろで一つに結んでいる。

メイド服姿のクーデルとのセットに他の宿泊客が目を奪われているなか、ただ一人だけ、やたらと豪奢《ごうしゃ》な服に身を包んだ男がじっと僕を見ていることに気付いた。

こんなに派手な二人組じゃなくて敢《あ》えて僕に注目してることに対する違和感がすごい。

目が合った瞬間、堂々とした足取りで近づいてくる男。

その動きに合わせてメアリが僕、クーデルがエイミーちゃんを守れる位置にさりげなく移動してくる。

「金塊が積み上げられた深緑の外套《がいとう》……そうすると、貴殿がレックス・ヘッセリンク殿か。聞いていたとおり若いのだな。当代の魔人殿もなかなかの色男ではないか。そちらの愛らしいご婦人がカニルーニャ伯爵家令嬢で、従者に擬態している二人が元闇蛇の手練《てだ》れというわけか。なるほど、これは隙がない」

わーい褒められた、とか言ってる場合じゃないな。

メアリとクーデルの素性《すじょう》がバレてる。隠してるわけじゃないけど、かといっておおっぴらに喧伝《けんでん》してるわけでもないことを、顔も知らない相手に知られてるのはどうなんだろう。

情報戦は我が家のウィークポイントだからなあ。

「貴殿は？」

「ラウル・ゲルマニス。十貴院の一を預かるゲルマニス公爵家の当主を務めている。以後よろしく頼むぞレックス殿」

明らかに上級貴族なのはわかったけど、よりによって最上位者じゃないですかやだあ。

勝手に爺《じい》さんのイメージだったけど、意外と若い。三十代後半くらいか？

とりあえず頭を下げておこう。貴族は上下関係厳しいから。

「これは失礼いたしました。レックス・ヘッセリンク。当代のヘッセリンク伯爵を務めております。貴族の中の貴族と呼ばれるゲルマニス公にお会いできて光栄です」

失礼にならない程度にへりくだったら信じられないくらい嫌な顔をされた。解せぬ。

「よせよせ。その呼び名は家についたものだ。貴殿の家についた魔人と同じ扱いさ。お互いあまりいい意味ではないがな」

魔人よりはいいでしょうよ。

「我が家のそれはともかく貴族の中の貴族というのは誰もが羨む称号ではありませんか」

「外から見ればそうかもしれんが、正直なところ欲しい家があるなら喜んで進呈したいくらいだ。貴族の中の貴族。つまりは国のために最も汚いことをこなしてきた家という意味さ」

流石《さすが》は貴族のトップ。台詞《せりふ》回しにいちいち凄《すご》みを感じる。

『国のために最も汚いことをこなしてきた』

いやー痺《しび》れるね。今度機会があったら使わせてもらおう。

「なぜ私がそこの二人を闇蛇だと知っていると思う？　それは闇蛇を生み出したのが我が家だからだ」

爆弾発言出たよ。こんな不特定多数がいる場所でそんなこと言っていいの？　僕達結構目立ってるけど。そもそも一般人は闇蛇なんて知らないから構わない？　そういう問題じゃないと思うな。

「信じられないという顔だな。真偽の判断は貴殿に任せるが、嘘《うそ》をつく理由はないぞ。設立当初は国を維持するのに非常に有用な組織だったらしいが、時が経《た》つにつれて理念が著しく劣化し陳腐化したようだな。貴殿が潰してくれたおかげで我が家が手を汚さずに済んだ。礼を言う」

さっき貴族の中の貴族は家の異名だって言ってたけど嘘だな。

この男もだいぶぶっ飛んでる。貴族の常識、世間の非常識を体現してるよ。

「あの組織を作ったことに対する罪の意識などはないのですね。なるほど、貴族の中の貴族か。長年十貴院の長《おさ》に君臨されるだけはある」

「そうだろう？　とは言うものの、我が家も闇蛇同様経年劣化は否めないのだがな。みっともなく地位にしがみついた結果、自尊心だけが肥大化している。いまや針で突けば破裂する状態だ。まったく、なぜ老人どもは良かった時代を忘れられずにいるのか……。おっと、愚痴になってしまうな。忘れてくれ」

他家の当主に家の愚痴をこぼすとか大丈夫かね。あんまり余計な情報抱え込みたくないんだけどなあ。

「内容が衝撃的すぎて忘れられそうにありませんが……努力しましょう」

「そうしてくれると助かる。今回の会議もくだらないことで騒ぎ立てるものだと呆《あき》れはしたが、貴殿と話もしてみたかったのでな。よかったら滞在中に一度晩餐《ばんさん》に招待させてくれ。それでは会議で会おう」

僕の返事を待たずに行ってしまった。

いや、貴族のトップなんてどんな人なんだろうって興味あったけど、あんなに正体不明というか、何を考えてるかわからないとは思わなかった。

ゲルマニスが闇蛇の創設に関わったとか普通なら漏らしちゃいけない情報のはずなのに、世間話のネタにしちゃうとことか、どうかしてるとしか。

もし僕がバラしたら……。誰も信じないか。証拠がないしな。

よし、あの人とはできるだけ絡まないようにしよう。

「恐ろしいほどに貴族というものを体現している男だったな。久々に鳥肌が立ったぞ」

「今更恨みも何もあったもんじゃねえが、ああも簡単にゲルマニス公爵家が闇蛇の創設に関わったことを暴露していいのかよ。頭のネジ抜けてんじゃねえか、あの兄ちゃん」

やっぱりそう思う？　そうだよな。おかしいよな。

「世間話をするように家を批判されていましたね。その程度の価値しか認めていないといった口振りで。怖い方だと思います」

エイミーちゃんも僕と同意見だ。よかった。

流石は貴族の中の貴族ですね！　素敵！　とか言われたら意識のギャップに悩むとこだった。

「まあ、幸いあの方が最上位だ。つまりあれ以上得体の知れないものは出てこないということだろう？　身の潔白を証明するために十貴院を離脱することと、このエスパールで新婚旅行を楽しむこと。それ以外にやることはない」

「イリナ達とエスパールの街に似合う服を選んできました。レックス様、街の北には素敵な教会があるそうですよ」

教会か。この街にあるくらいだからさぞ素敵な建物なんだろう。

そういえばこの世界の宗教ってどうなってるのかな。結婚式の時は普通に神父的なおじさんが来てくれて仕切ってたけど。あとでコマンドに聞いておくか。

「エイミーは何を着ても似合うが、さぞ可愛《かわい》いのだろうな。会議後はバタバタするだろうから、それまでに観光は済ませてしまおう。メアリ、クーデル。先ほどの公爵の話に思うところはあるかもしれないが、護衛を頼むぞ」

心配なのはこの二人だ。

なんたって闇蛇に攫《さら》われて暗殺者にされたんだから。動揺してなければいいけど。

「驚きはしたけど今更何かしようなんて思わねえよ」

「そうね。私は今この瞬間メアリと一緒に生きていられるだけで望むものはありません。公爵様のお話も、へえそうなんだとしか」

心配をよそにノーダメージ。お兄さん頼もしいよ。

「ならいい。会議まで三日ほどある。今日は軽く街を見て回って明日はエイミーの言っていた教会の方まで足を延ばしてみようか」

「はい！　ふふっ、その教会で祈りを捧《ささ》げた夫婦は子宝に恵まれるという言い伝えがあるらしいのです」

「おやおや、エイミーは積極的だね」

そんなエイミーちゃんの強い希望もあり、やってきました聖サクラミリア教会。

「すごいわ！　お城みたいね！　クーデル、早く行きましょう！」

「待ってください奥様！」

エイミーちゃんが我慢できないって感じで走り出し、それをクーデルが追う。普通なら女の子同士がキャッキャしてる風景だけど、いかんせんエイミーちゃんはフィジカル系ファイターだ。クーデルが本気で走って追うハメになってるからあとで労《ねぎら》っておこう。

エイミーちゃんたっての希望でやってきたこのエスパール有数の観光名所は、街並み同様真っ白な石で作られた巨大建造物だけど、教会には必要のないものが目につく。

「実際に見るのは初めてだが、これは教会ではなく城だな。さて、メアリ。神の使徒《しと》が住まう教会に、矢狭間《やざま》が備え付けてあるだけでなく、物見櫓《ものみやぐら》が必要な理由はなんだと思う？」

ここで突然の貴族クーイズ。もちろん僕の知識はコマンド先生からの受け売りです。

「この教会は元々エスパール伯爵の居城だからな。我が家が西の護《まも》りなら、エスパールは北の国境の護りを任されてて南下を狙う奴《やつ》らとバチバチやり合ってたんだろ？　矢狭間やらなんやらはその時の名残。今北の国々は分裂しまくってほとんどレプミアの属国だから、こんな厳《いか》つい城必要なくなったってとこじゃね？」

だーいせーいかーい。

可愛い弟分に付け焼き刃の知識を披露して尊敬してもらおうと思ったら、花丸満点の回答を返されて動揺してます。

落ち着けレックス・ヘッセリンク。

「ほう、驚いた。詳しいじゃないか」

動揺を隠すため、ゆっくり噛《か》み締《し》めるように話す僕に対して、メアリはさらりとしたものだ。まるで大したことないといった風に肩をすくめてみせる。

「最近は爺さん達が国の歴史を覚えておけってうるさくてさ。二日にいっぺんハメス爺の講義を受けてるんだよ」

そういえばハメスロットがそんなこと言ってたな。メアリの能力を高く買っているようで、自分に教育を任せてほしいとかなんとか。

僕に断る理由はないから許可を出したんだった。

座学による歴史の授業か。僕も受けた方がいいかな？

【必要であれば私の方からお伝えしますので不要です】

コマンドはすぐ僕を甘やかす。良くないぞと思いつつお言葉には甘えることにする。

座学とかきついです。

「なるほど。執事達が若手育成に乗り出したか。若い男となるとうちにはメアリしかいないからな」

十代の男はメアリだけ、二十代は僕だけ。いつも思うけど、偏ってるよね。

「いや、まじで考えた方がいいぜ？　俺の次に若いのが兄貴で、その次はフィルミーの兄ちゃん、オド兄、マハダビキアのおっさんって。間が開きすぎてる。貴族様なんて次の代を見据えるもんだろ？　なら俺や兄貴に近い年代の奴らを雇わなきゃ厳しいんじゃゃね？」

最近のメアリは家を思う気持ちが強いな。次の代のことまで考えているなんて、忠誠心の高まりを感じる。

「確かに。次の代はメアリが筆頭になって家を動かすことになるだろう。ただ、さらに人を集める必要がある。そこについては僕も反対はしない」

不思議なことに父親の代から勤めてた層がごっそり見当たらない。

残ってくれているのはジャンジャックとオドルスキだけ？

【先代に仕えていた家来衆は、先代が亡くなると同時にほとんどが暇乞《いとまご》いをしています】

若い伯爵を支えよう！　とはならなかったのかな。僕、嫌われてないよね？

家の都合で少数精鋭だとはいえそれが過ぎる。オーレナングに帰ったらジャンジャックに父親に仕えていた人達について聞いてみようか。

それで戻ってきてくれそうな人材がいれば再雇用を検討する。もしかしたらその子供世代にいい人材がいるかもしれないし。

「まあオーレナングに戻ったら真剣に考えるとしよう。僕個人としては若い層に不満はないが、そこを厚くすることは家の強化に繋がるからな」

若手にアリス、メアリ、イリナ、クーデル、ユミカ。

中堅にマハダビキア、オドルスキ、フィルミー。

ベテランにジャンジャック、ハメスロット、アデル、ビーダー。

こう見ると、若手と中堅に文官寄りの人材が必要だな。

ブレイブにロンフレンド家の伝手《つて》で良さげな若者を紹介してもらうのもありか？　それだと忠臣アナウンスは出ないかもしれないけど、これも試すだけ試してみよう。

「頼むぜ兄貴。俺も従者稼業はこなすつもりだけど本質はそこじゃねえから。クーデルも同じだ。これからは執事やらメイドやらの仕事も覚えてはいくけど、どうしても本職には敵《かな》わねえし、ましてや書類仕事なんてできやしねえ。早いとこヘッセリンクに忠誠を誓う若いのを入れねえと後で困ったことになりかねねえ」

「……本当に成長したなメアリ」

「うるせえよ。生温かい目で見るのやめろ。俺はただ居心地のいい家がなくなると困るって言ってんだよ。別に兄貴のためとかじゃねえから」

こんなにはっきりしたツンデレ台詞が異世界で聞けるなんて感動ものだな。

べ、別にあんたのために頑張ってるんじゃないんだからね！　ってやつだ。

それを美少女系美少年がやってくれるんだから特定の層にはたまらないだろう。

「感謝するぞメアリ。僕にできることがあったら言ってくれ。可能な限りお前の力になってやる」

僕の言葉にメアリが真剣な表情を浮かべ、躊躇《ためら》ったあとに口を開く。

なんだ。何かあるのか？　お兄さんに言ってみなさい。

「クーデルをどうにかしてくれ。まじでしんどい。なんであんなになっちまったんだろうなあ。昔は綺麗《きれい》で優しい姉ちゃんだったのに、最近獲物を見るような目で見てくるんだ。超怖《こえ》えよ」

「すまんメアリ。それは可能な限りの範囲の外だ。自助努力で乗り越えろ」

バッサリ切り捨ててもそこをなんとかと食い下がってくるメアリをいなしつつ、教会に入る。

聖サクラミリア教会の内部に特に目立ったものはなく、エイミーちゃんにせがまれて神父的な立場のおじさんに子宝に恵まれるという趣旨のお祈りを捧げてもらった以外はイベントも起きなかったが、愛妻がとてもご満悦なので僕としても満足です。

その後街をぶらぶらしてみると、観光地だからなのか治安維持への力の入れようがすごいことに気付いた。そこかしこを衛兵が三人から四人の集団で警邏《けいら》しているからね。

もちろん景観を損なわないように軽装ではあるんだけど、揃《そろ》いの制服や武器を持った屈強な男達が目の笑ってない笑顔を浮かべながら歩いてるのは、何かやらかそうと思ってる輩《やから》にはなかなかのプレッシャーだと思う。

遊園地のスタッフ全員が屈強な警備員みたいなイメージだ。やましいことがない観光客から見れば頼もしく映るだろうから上手《うま》い手なんだろう。

そんな風に感心しながら一日たっぷり散策し、心地いい疲労感を得て宿に戻ると、僕達に気付いた宿のスタッフがメアリに駆け寄り封筒を渡した。

それを見た瞬間これでもかと顔を顰《しか》めるメアリ。

「どうしたメアリ。綺麗な顔が台無しだぞ？」

僕の軽口を無視して無言で押し付けてきたそれに押されていたのは、羽を生やした虎の印。

そう、貴族階級におけるトップオブトップ、ゲルマニス公爵の印です。

部屋に戻り中を確かめると、晩御飯のお誘いだった。

『よかったら滞在中に一度晩餐に招待させてくれ』

いや、聞いてた。確かに聞いてたけど、昨日の今日で誘ってくるかね。断りたいなあ。でも断れないよなあ。

「レックス様？」

いけない。あまりにも行きたくなさすぎて眉間に皺《しわ》が寄ってたみたいだ。

ゲルマニス公爵と晩飯って、要は普段会うことのない会社の役員との飲み会みたいなものだろ？

絶対エイミーちゃんと過ごした方が楽しいに決まってるんだけど、やむを得ないか。

「ああ、すまない。ゲルマニス公から晩餐のお誘いだ。僕としては今晩もエイミーと夫婦水入らずで過ごしたいと思っていたからついつい険しい顔になってしまったよ」

「まあ！　レックス様ったら」

コロコロと笑う愛妻。あー、癒やされる。

ここにユミカがいたらもっと癒やされるんだけどな。

代わりにメアリで癒やされるかと視線を移すと、めちゃくちゃ険しい顔で癒やし効果はゼロでした。

「どうするんだよ。断るなら早《はえ》え方がいいと思うけど？」

断れよ面倒臭《くせ》え。顔がそう物語ってるぞメアリ。

「そういうわけにもいかないだろう。喜んで招待に応じると、宿側に伝えておいてくれ。もちろん、お前にもついてきてもらうぞメアリ」

そんなに嫌そうな顔するなよ兄弟。一人だけ逃げようったってそうはいかない。主従ともに喜びも苦しみも分かち合おうじゃないか。

「では私とクーデルは部屋でお食事をいただくことにしますね。メアリ、その手配もお願いできるかしら？」

「……あいよ」

どうやら逃げるのは諦めてくれたみたいだな。仕方ない、魔王《公爵》からは逃げられない定めなのだから。

「服は平服で構わないと書いてあるが、これもそうはいかんだろう。会議に出る際の予備があったな？　そちらを出しておいてくれ」

服装は自由ですとかやめてほしい。仲間内でないならドレスコードを決めてもらってた方が絶対気楽だと思う。本当に自由な服で行って、周りが全員スーツとかだったら地獄だよ？　まだ周りが自由で僕だけスーツの方がダメージは小さい。

「予備の服……よろしいんですか？　伯爵様のお嫌いな派手派手しい色のものになりますが」

そうだった！

アリスとイリナを説得して本番の衣装は落ち着いたシックなものにしたんだけど、予備の服は赤地に金糸の刺繍《ししゅう》っていう目に優しくないやつをねじ込まれたんだった。

おうメアリ、ニヤニヤしてんじゃないよ。さっきの復讐《ふくしゅう》か？

あー、あの服着るくらいならいっそのこと平服でお邪魔した方がいい気がするな。派手な衣装は地位の証明だから、ギラついた服は公爵も面白くないだろ。

「まあ、それならばなおさらそちらの予備の衣装をお召しになった方がよろしいのではないですか？　急な晩餐への招待にもかかわらず正装で、かつ贅沢《ぜいたく》な衣装を身につけて馳《は》せ参《さん》じるなんて、それほど敬意を表してくれるのかと公爵様もお喜びになると思いますわ」

レックス・ヘッセリンクは逃げ出した。

しかし、魔王《妻》からは逃げられない。

エイミーちゃんの言ってることがこの世界では正論だからまた断りにくいんだよな。

「では、予備のお洋服を用意いたします。招待の時間までまだございますので、お風呂をつかわれてはいかがですか？」

確かに結構歩いて汗ばんでるからな。この宿のすごいところは部屋に馬鹿でかい風呂がついてるとこだ。普通の宿は大浴場か、安宿ならお湯とタオルを渡されて身体《からだ》を拭くだけらしい。

「ああ、そうしよう。メアリ、お前も付き合え」

せっかくだしたまには水入らずで汗を流すしますか。このあとの打ち合わせもしておきたいし、二人で風呂を使った方が時間も節約できていいだろう。メアリもそこは同じ意見らしく、特に嫌な顔もせず頷《うなず》いてみせた。

が、ここでスイッチが入ってしまう人物がいる。

そう、クーデルだ。

僕とメアリのやりとりを見た彼女は、なぜか頬《ほお》を赤く染めながら絶叫した。

「ああっ!!　また伯爵様がメアリをお風呂に誘って……！　だめよ、いけないわクーデル。そうじゃないと学んだじゃない。メアリは女の子が好き、メアリは女が好き、メアリは女好き」

ゴッ！

セルフトリップしかけたクーデルの側頭部にメアリの手刀が直撃する。

まあまあな音がしたはずなのにクーデルは身じろぎ一つせず、むしろその衝撃で逝っちゃってた目の焦点が合い、傍目《はため》にも現世に戻ってきたことがわかる。
「ただいま、メアリ。では伯爵様。私はお風呂の準備をしてまいりますので、奥様とご歓談くださ
い」
それまでの流れは一切なかったとばかりに真面目くさった顔で侍女業務に戻るクーデル。
「少しは手加減してやれ。流石にあの打撃音は重すぎて心配になるぞ」
「仕方ねえだろ？　クーデルがああなったら小型の魔獣をしばく勢いじゃねえと正気に戻せねえん
だよ」
そのうち怪我《けが》しても知らないぞ。アリスにしてもクーデルにしてもトリップ癖が直りそうにはな
いからメアリが手加減するしかないと思うんだけど。
これから偉い人との飲み会という現実から逃れるためにそんな無駄な対策を考えつつクーデルが
沸かしてくれた風呂でさっぱりし、とんでもなく派手な服に身を包む。
会場は宿の一室。
指定された時刻に指定された部屋に入ると、上座には既にゲルマニス公爵が着座していた。遅刻
したわけじゃないし、今日のホストはゲルマニス公爵なのでこれは問題ない。
僕の服装についても全く指摘は受けないだろう。
なぜなら公爵の服が金地に銀糸の刺繍がこれでもかとほどこされたやばいやつだったから。赤地
に金糸なんて可愛いもんだ。

「よく来てくれたなレックス殿。さ、座ってくれ。本来なら奥方も誘うべきなのだろうが、どうしても仕事の話をせざるを得ないからな。今回は遠慮してもらった」

「お招きいただきありがとうございます。いや、まさか昨日の今日でお誘いがあるとは思わず外に出ていたもので。返事が遅くなったこと、お詫《わ》び申し上げます」

「何を言う。貴殿の言うとおり昨日の今日で誘った俺が悪いのだ。家来どもからもレックス殿の都合のいい日を聞くように言われたが、昼はともかく夜にやることなどないからな。これが独り身の男ならば夜も楽しみがあるだろうが……。まさか新婚でそんな愚かな真似《まね》はすまい」

当たり前だ。

ここエスパールには夜のお店も当然あるし、遊ぼうと思えば遊べる。だが、新妻を置いてそんなとこに遊びに行こうものなら家庭内不和の第一歩じゃないか。

可愛いエイミーちゃんを置いてそんな不実な真似はしないぞ。

「もちろんですとも。これでも愛妻家なのですよ。魔人と呼ばれる私に嫁いできてくれただけでなく、よく尽くしてくれるいい妻です」

「はっはっは！　大勢の貴族を知っているが、そのように惚気《のろけ》を語られるのは初めてかもしれん。いや、噂《うわさ》どおり面白い男だ。さあさあ、今日は遠慮なくやってくれ。そっちの従者にはあとで軽いものを土産《みやげ》で持たせるからな。悪いがこの席では我慢してくれ」

公爵がメアリに目を向けて語りかける。

こういう場で従者が貴族に話しかけるのはルール違反なので、僕が代わりに頭を下げておく。

「お気遣いいただきありがとうございます」

「気にするな。俺のワガママで晩飯を食いっぱぐれるのが申し訳ないだけだ。うちの従者にもあとで腹一杯食わせるしな。そうだ、一応紹介しておくか。俺の護衛兼従者のダイファンだ。なんだったか、古流剣術《こりゅうけんじゅつ》？　の使い手だったかな？」

公爵の後ろに控えるのは真っ白な髪を後ろで一つに束ねた壮年男性。

体格は細めだけど危険な匂いがプンプンする。絶対怒らせてはいけないタイプだな。

右目には縦に切り傷が走っていて、厨二の方ならきっと大興奮間違いなしだ。

古流剣術っていうのもよくわからないけど響きのかっこよさも二重丸です。

【他国との戦が減った現在、レプミアでは型を重視した剣術が主流になっています。それに対して古流剣術は戦を前提に効率的に人を殺《あや》めることを追求した実利的な剣術です】

「なるほど。現場向きということですか。公爵の護衛とは、相当使われるのでしょうな」

「俺の剣術師範でもあるのだが、まあ厳しい。子供の頃などはこいつの稽古が嫌で何度も仮病を使ったくらいだ。まあ、誤魔化《ごまか》せたことなどないがな。そちらの護衛も若いのになかなかの面構えじゃないか。流石は闇蛇の生き残りだ」

「お褒めいただき光栄です。彼はメアリ。今は私の従者を任せていますが、将来的には我が家の幹部を担う存在になるかと」

僕の評価を聞いた公爵が悪戯《いたずら》を思いついたように口の端を吊《つ》り上《あ》げる。悪い顔だ。

「優秀なのだな。メアリよ。直答を許す。お前はこのダイファンに勝てるか？」

なんの質問だよ、とは思うものの公爵からのお言葉だ。メアリに頷いて回答するよう促す。

すると、躊躇いがちにではあるけどはっきりとした口調で答えた。

「……百回戦って、一回勝つ機会があるかどうかといったところかと。いえ、それも楽観的な予想です。正直に申し上げて、今の私では到底太刀《たち》打《う》ちできる相手ではありません」

へえ、そうなんだ。

いや、間違っても公爵の命を狙えなんて言わないけど。

メアリがそう言うってことは不意打ちも効かないってことかな。

流石は実戦剣術。常在戦場ってやつを実践してるんだろう。

その答えを受けた公爵は愉快そうに笑っている。

「だそうだが、どうだ？」

「相対した相手の力を認め、己の技量不足を認め、それをただただ事実として語れる。その若さで末恐ろしい。きっと公爵様よりも遥《はる》かにいい弟子となるでしょう」

おじ様、声渋いっす。

いけてるボイスのおじ様方が多いのは気のせいじゃないだろう。

うちならジャンジャックにハメスロットがいい声してるんだよなあ。おじさんじゃないけどメアりも見た目に反してバリトンボイスだし。

「不肖の弟子で悪かったな。いや、誇っていいぞメアリ。このダイファンが初対面の者を褒めることなどほとんどないのだからな。さて、飯を食いながら今後の話といこうか」

切り替え早いな。ここからは真剣な話が始まるようだが、議題は一つしかない。

「十貴院会議について、ですか。まあ今回私は被告人の立場ですので他の参加者の言い分を聞いたうえで将来を判断したいと思っています」

その上で脱退します、とはまだ言わない。この人が味方かどうかわからないし、命の軽いこの世界。味方の選別は重要だ。

「被告人か。上手いことを言う。無実でも訴えられればその瞬間はそのとおりだからな。エスパール伯も馬鹿なことをしたと思っているよ。わざわざ虎の尾を踏むこともあるまいに」

「おや？　てっきりゲルマニス公も私を糾弾するお立場なのかと思っておりましたが」

「それこそ馬鹿な。王太子殿下にお言葉をいただいたからといちいち嫉妬などしていられるか。そんな暇があれば領内の強化に時間を使う方が建設的だ。それをエスパール伯の馬鹿者め。ヘッセリンクが人を集め始めたのは反乱の準備に違いないなどと。幼稚にも程があるわ」

くそっ、意外とまともだ。

待て待て、それでも頭のネジが緩んでるのは間違いない。油断するなよレックス・ヘッセリンク。

「そう言っていただけると、私としては気分が軽くなります。なんせ敵陣に一人で突撃したようなものですからな」

「ただの雑兵《ぞうひょう》ならそれでいい。が、突撃してくるのが貴殿のような一騎当千の猛者《もさ》であれば話は別だ。しかも今回は味方が烏合《うごう》の衆ときた。どちらに与《くみ》すればいいかなど考えるまでもない」

流石に貴族の中の貴族は話術も巧みでいらっしゃる。

ハメスロットから指導を受けてなかったらコロッといってたかもしれない。

「はっはっは、烏合の衆とは酷《ひど》い。我々もその一員ではありませんか。まあもっとも、その価値についてはそろそろ議論が必要なのかもしれませんが……」

「俺もそう思うが、会議中には絶対に言ってはいけないぞ。その座にあることだけに縋《すが》って生きている家の者があまりのことに憤死する可能性があるからな」

「そこまでですか。十貴院に名を連ねるくらいなのですから皆様素晴らしい実績を積み上げておられる方々ばかりでしょうに」

「積み上げてきたのは先人達だ。当代が何かを成し遂げたという例は乏しい。であるからこそ、護国卿《きょう》と呼ばれ、数多《あまた》の魔獣を討伐してみせる貴殿を煙たく思うのだろう」

国に課せられた仕事を真面目にこなしているだけだというのに酷い話だ。

ヘッセリンクが手を抜いて魔獣がオーレナングを抜けるようなことがあったら大惨事だろうに。

「そんなものですか。いけませんな、会ったことのない方々には我が家の持つ魔人という二つ名の印象が強すぎるのでしょう。会議の席上では意外と常識人なんだと主張しなければ」

「それがいい。俺もどちらかというと変人という評価だからな。貴殿の気持ちはよくわかる」

男臭い笑みを浮かべながらそう言うと、杯を一気に干してみせる。

ここまで話をしてみて、この人が明確な敵ではないと判断した。明確な味方でもないかもしれないけど、少なくとも会議で僕をどうこうしようという暗い感情を感じなかったことにほっとする。

そこから差しつ差されつしながら酒が進んでお互いほろ酔い状態になると、積極的に話を振ってくれたり若い頃の武勇伝、主に女性関係を面白おかしく語ってくれるゲルマニス公。

これが職場の先輩なら気のいい兄貴分って感じで親しみが持てるんだけど、いかんせん目の前の男はこの面倒臭い貴族世界のトップに君臨する変人だ。敵ではないと判断したものの、その巧みな話術に引きずられないよう、適度に相槌《あいづち》を打ちつつ模範的な反応を返すことに集中する。

「しかし、昨日も感じたが意外とまともな感性をしているのだな。もっとこう、厭世的《えんせいてき》だったり、快楽主義者だったりするのかと思っていたのだが」

初めて言われたな厭世的なんて。この世界嫌いじゃないよ。今のところ世を儚《はかな》んで世捨て人になる予定はありません。

可愛い妻や慕ってくれる家来衆のおかげで見知らぬ場所でこれだけ楽しく過ごせてるんだから、もし神様がいたなら感謝するのもやぶさかではない。

「二つ名が一人歩きしているだけなのですよ。まあ、それが若い頃の行いのせいだとすれば全て否定することもできないのですけどね」

調べれば調べるほど、レックス・ヘッセリンクの頭のネジが緩み気味だったのは間違いない。

闇蛇壊滅がモーストデンジャラスではあるけど、他にも彼が、というか僕が起こした事件は枚挙に暇がなく、着実に魔人の後継者として認められていったようだ。

「なるほどなるほど。いや、俺も若い頃から貴族の慣例を破り続けて今や変人公爵と呼ばれるに至っているからな。魔人ヘッセリンク伯爵家の最新作も例に漏れないと、その噂を聞くたびに勝手に親近感を持っていたのだ」

【ラウル・ゲルマニス。本人の言葉どおり変人公爵の名で知られていますが、もう一つの異名は誑《きょう》惑《わく》公。その巧みな話術により人を引き込む様はまさにマンイーターと呼ぶに相応《ふさわ》しいでしょう】

マンイーター《人誑し》ね。

すごくわかる。一も二もなく、とにかく話し方が上手いんだよ。コマンドの解説を聞くと、視線の動きや身振り手振りまで一つ一つ計算されてるんじゃないかと疑いたくなる。

だけど、この変人様は十中八九自然に、息をするように人を誑《たら》してのけてるんだろうな。

流石はナチュラルボーン貴族。

「確かにゲルマニス公の単刀直入なものの仰《おっしゃ》りようは、美辞麗句を並び立てなければ挨拶一つできないまともな貴族から見ると異端に映るかもしれませんな」

「変わっているのは果たしてどちらか……まあ俺達は少数派だな」

ですよね。考えるまでもない。少数派なことは当然自覚してるよ。

「間違いありません。そもそも我がヘッセリンク家は領民を持たず、領地もオーレナングのみ。そんな状態でまともな貴族とは言えますまい。私など書類の決裁をしている時間よりも魔獣の討伐をしている時間の方が多いのです。まあ、普通とは言い難い」

デスクワークを全くしないわけじゃないし、家来衆が討伐した分も合わせて討伐報告書は僕が作ることになってるんだけど、まともな貴族の書類処理量には到底追いつかないだろう。

特に最近は貴族っていうか狩猟民族の長みたいな生活してるんだよ。しかも妻を連れて。どこの狩人《かりゅうど》だ僕は。

「そう、それだ。現役の貴族家当主でありながら、召喚士として力を振るう。残念ながら俺自身は戦う力など持ち合わせていないが、それはどんな気分なんだ？　貴族としての鬱陶しい義務に縛られず、自由に己の力だけで生きていきたいと思ったことはないか？」

もしかしたら、レックス・ヘッセリンクはそう思ったことがあるかもしれない。貴族というガチガチの枠をぶっ壊してやる的な思想があってもおかしくない。

実際その力を持ち合わせていて、それに見合った行動力もあった。

だけど僕にその意思はないぞ。エイミーちゃんと家来衆との生活に不満はないし、少ないけど友達がいることもわかったし、この世界にも今のところ適応できてる。

「一人で生きていこうと思えば生きていけるかもしれませんが、こう見えて意外と小心者なのです。伯爵家当主という立場に守られているという言い方もできるかもしれません。それに我が家の特殊性のおかげで義務らしい義務もありませんしね」

「そうか。ダイファン？」

掛け値なしの本音で答えると、公爵は背後に控えるダイファンを呼んだ。

なんだ？

ダイファンは僕に一瞬だけ視線を向けると軽く息を吐いて頭を下げる。

「……はっ。ヘッセリンク伯爵様が嘘をつかれている気配はございません。心から、真実を告げられているものと判断いたします」

すげえな、なんでわかるの。心眼的な特殊能力持ちなのかな？

そうだったらめっちゃかっこいいよね。

我が家に転職しませんか？　無理ですかね。

「おや、疑われてしまいましたかな？」

「気を悪くしたなら謝ろう。しかし……いや、そうか、なるほど。これは確かに壊れているな。はっはっ！　これはいい。ヘッセリンク伯爵家に課せられた唯一にして絶対の義務は森から溢《あふ》れる魔獣から国の西側を防衛すること。まともな神経なら明日をも知れないと怯《おび》えるところを、義務とも感じていないとは、流石は上級召喚士。流石は魔人レックス・ヘッセリンクだ。闇蛇のメアリよ、いい主人を持ったな。一方で、苦労もすると思うが励め」

かっこいいなあ。って、いけない。

芝居がかった話し方に聞き入ってあやうく公爵さんに引き込まれるとこだった。

メアリなんか直接声をかけられて大丈夫だろうか。

「お言葉を胸に刻み、主人のために励みたいと思います」

振り向いて顔を確認すると、いつもの仏頂面じゃなくて真面目くさったイケメンフェイスにうっすら笑みを浮かべている。

これは早く終わんねえかなあとか考えてる時の顔なので全然問題ないみたいです。

「ゲルマニス公爵か。流石は貴族の頂点に立つ男だ。百回戦えば百回無傷で勝つだろうが、舌戦に持ち込まれたら完敗だろうな。メアリ、お前の目にはどう映った?」

晩餐会を終えて部屋に戻るとエイミーちゃんとクーデルは風呂に入っていた。

ちょうどいいのでメアリに公爵の感想を聞いてみる。ポーカーフェイスだったけど実は心酔してるとかだったらまずいからな。

「あ? 貴族の性格なんかわかんねえよ。それよりも俺はあのダイファンって護衛がさ。ありゃやべえわ。それこそ完敗する絵しか見えなかった。オド兄と同じとこにいやがるぜ」

やはり心配無用だったか。

そこは安心したけど、ダイファンね。古流剣術なんていうイカした武術の使い手が弱いわけはないけど、オドルスキと同じレベルか。

つまりそれは化け物ってことだ。

「公爵自身は武力に自信がないと言っていたからな。あの地位にいればその域に達した護衛がついていて当然だろうが……、そこまでか。ああ、心配するな。流石に引き抜きなんか画策しないさ」

「そうしてくれ。引き抜こうなんてしたらゲルマニスと戦争だぜ？　あれに乗り込まれたらそこに戦力全投入必須だろ。いやあ、世界は広いわ」

それでもきっと負けはしないだろうけど、ダメージは避けられない。

いや、戦争なんてする気はない。なんなら今日の晩餐会で仲良くなれた感じだし。

「僕はメアリが公爵の話術に引き込まれていないのが心強い。僕ですら気付いたらその術中に嵌《はま》りそうだった」

「ヘッセリンク以外の貴族は全て敵。そう思えば心揺さぶられることもなく、考えがぶれることもない。って、爺さんに叩《たた》き込《こ》まれてるからな。カニルーニャもアルテミトスもクリスウッドも。基本は信じてねえぞ俺は」

なんてことだ。

教えに偏りがありすぎるぞジャンジャック。人間不信ならぬ貴族不信。

いや、貴族なんて信じない方がいいのは事実かもしれないけどせめて味方だとはっきりしてるところは信じようよ。

「……ジャンジャックとは若者の育成方針について話をしておく」

「まあ今後若い奴が来るならそうした方がいいかもな。爺さんの思想は相当偏ってっから。俺は嫌いじゃないし、あながち間違ってるわけでもねえから言うこと聞いてるけど。正直、ハメスロットの爺さんとフィルミーの兄ちゃんくらいだろ、まともなのは」

「常識人枠の文官の雇用を急ぐべきだな。ユミカの教育にも悪影響を与えかねん」

ユミカにまでヘッセリンク以外信じてませんとか言われたら、意味のわからないダメージを負ってしまいそうだ。

会議なんかどうでもいいな。最優先で取り組むべきはまともな感性を持った人間を雇うことだ。

そう心に誓う僕だったけど、その想《おも》いはすぐに打ち砕かれた。

「そこについてはもう遅いぜ？　ユミカのなかで一番正しい貴族は兄貴だし、一番の騎士はオド兄、一番の執事は爺さん。手遅れすぎて泣けてくるわ」

まだ幼いのに、もう引き返せないところまで来てしまっているんだね、ユミカは。

「僕も含めて見習うべきではない面子《メンツ》であることは否定しない」

「この問題が片付いたら教師役も探してやってくれ。ヘッセリンクの常識が世間の常識じゃねえって早めに教えねえと、あのまま大人になったらやべえ女になりかねねえから」

「そこまでか……」

膝から崩れ落ちそうな衝撃だ。

あまりにも衝撃的すぎて風呂上がりのエイミーちゃんに愚痴ってしまった。

「まあ、メアリさんったらそんなことを？」

コロコロと笑うエイミーちゃん。可愛くて癒やされるけど我が家の天使ユミカの一大事だ。

「いや、ゲルマニス公との会談も衝撃的だったが、それも全て吹き飛んでしまった。可愛いユミカが将来の夫に非常識扱いされてしまっては不憫《ふびん》すぎる。どこかに適当な教師がいないものか。そればかり考えてしまってな」

基本的に貴族の家庭教師っていうのは一人から二人で、生徒と数年にわたって信頼関係を築きながら勉強を教えるものらしい。

家庭教師側の思想によっては家の方針と齟齬《そご》が生じる可能性もあるらしく、細心の注意を払って選定されるそうだ。

「私は家の事情で隠されていましたからハメスロットが家庭教師のようなものでした。ハメスロットは歴史の他にも算術や文学にも明るいんです」

技の執事ここにあり。本当、絵に描いたような万能型だよハメスロットは。

エイミーちゃんは完全に育成の成功例だからな。この出来上がりになるなら任せる価値はある。

「ではハメスロットに任せてしまうか。あれで意外と子供も好きなようだし」

「お気付きになりました？　厳しい顔をするんですけど、最終的には甘やかしてしまうんです。ユミカちゃんには最初の挨拶で心掴《つか》まれているようですし、きっと喜んで教師役を務めてくれると思います」

確かにフィルミーを連れて帰ってきた時の挨拶でうちの狩人《ユミカ》にハートを射抜かれてたんだったな。天使で狩人。両方弓使いだな。

ユミカが弓使い……。

いかん、心配で頭がこんがらがってきた。

「負担をかけるのは本意ではないが、やむを得ないか。ハメスロットなら礼儀作法も問題なし。給金の上乗せで手を打ってもらうとするか」

貴族の必殺技、金銭で解決。基本技だけどそれしか誠意を示す手段がないからね。

「ユミカちゃんのためならジャンジャック様も執事業の割合を増やしてくれるのではないですか？　憚《はばか》りながら、狩りは私が時間を増やせば事足りますので」

「しかし、ジャンジャックも森に出る時間を増やすことで以前よりイキイキしてるのでな。なかなか言い出しづらいが……仕方ない」

前からイケてる爺さんだったけど、最近明らかに若返ってるし、森に出るのが楽しくて仕方ないといった風情を醸し出している。

「ふふっ。レックス様は本当に家来衆の皆さんを大切にされていますものね」

「まあ、そうだな。人は宝だ。もちろん例外がないとは言わないが、少なくとも我が家の家来衆は僕の期待以上の仕事をしてくれているから大切にしなければいけないだろう」

「私も含めてヘッセリンク伯爵家にいられることは幸せなことです。それは家来衆なら誰もがそう感じているはずですから、レックス様がこうしたいと仰れば、皆さん喜んで従うことでしょう」

「そうであればいいがな。戻ったら二人には僕から話をしよう」

全てを投げ出してオーレナングに戻り、ユミカの将来について家来衆全員と意見交換をしたい気持ちをグッと抑えて迎えた翌々日。初めての、そしておそらく最後になるであろう十貴院会議の会場に赴く。

新参なので時間よりだいぶ早く来たつもりだったんだけど、通された部屋には既に六人のおじさま方の姿が。

集合早すぎるだろと思いつつも一番最後じゃなかったことにほっとしつつ席に座ると、それを確認したゲルマニス公が手を叩きながら立ち上がった。今日も金地に銀糸で羽の生えた虎を縫い取ったお召し物が素敵ですね。

「皆揃ったようだな。では、古《いにしえ》の法に則《のっと》り、ここに十貴会議の開催を宣言する。十貴院の一の座を預かるゲルマニス公爵家当主、ラウル・ゲルマニスがこの会議を取り仕切らせてもらうが、各々方、異存はないかな？」

どうやらこの会議の司会進行はゲルマニス公の役割のようだ。一番偉い人が仕切る方が面倒がなくていいよね。案の定トップからの声かけに沈黙を守り、誰も反対はしない。

「よろしい。ラスブラン、ロソネラ、ベルギニアの三家は今回欠席の連絡がきているので承知おいてくれ」

人数足りないのに始まるのかと思ってたら三家は欠席なのか。ということはつまり会場入りは僕が最後というわけですね。急に気まずいよ。

「では、皆忙しい身だ。前置きは抜きにして早速議題に入ろうではないか。今回の議題は……。十貴院の九であるヘッセリンク伯爵家に王家への謀反《むほん》の動きがあるということだが。エスパール伯。詳しい説明を」

立ち上がったのは僕の右隣のおじさん。天パ気味の濃い茶髪とちょび髭《ひげ》が特徴的だ。元近衛所属らしいけど、第一近衛の副隊長スアレや、第三近衛隊長のダシウバと比べると細身かな？　ってくらいで、正直それ以上でもそれ以下でもない。

いや、これまで絡んだ貴族の皆さんがやたらと特徴的だっただけか。

「承知した。エスパール伯爵家当主、リンギオ・エスパールでございます。皆々様におかれましてはお忙しいなか我が領までご足労いただき誠にありがとうございます」

「エスパールの。ゲルマニスのも言ったとおり儂《わし》らは暇ではない。回りくどい挨拶などいらん。その若造に謀反の気があるのかないのか。それだけじゃろうに」

貴族特有の長い割には中身のない挨拶を強引に遮ったのはゲルマニス公の隣に座る禿頭《とくとう》のお爺さん。面倒臭そうな老人だな。正直苦手です。他の参加者も苦笑いしつつ咎《とが》めないところをみると、概《おおむ》ね僕と同じ感想みたいだ。

そんななか、ゲルマニス公が煩型《うるさがた》を宥《なだ》めるように笑った。

「まあまあ、カナリア公。無駄なものではあるがそれはそれで様式美というものだ。そうイライラすると血管が切れてしまうぞ？」

違う。宥めるどころか煽《あお》りに行った。

案の定不機嫌そうに鼻を鳴らす爺さんはカナリア公爵ね。お偉いさんじゃないですか。

「余計なお世話じゃ。まったく、昔はあんなに可愛かったのに、成長したらやはりゲルマニスじゃわい。それ、その胡散臭《うさんくさ》い笑顔よ。貴様の親父《おやじ》にそっくりじゃ。まあいい。エスパールの。はよ本題に入らんか」

完全にカナリア公のペースだぞ。頑張れエスパール伯。

「……失礼。では単刀直入に参りましょう。当家の諜報網《ちょうほうもう》が、ヘッセリンク伯爵家に戦力の拡充を図る動きがあることを摑みました。歴代のヘッセリンク伯爵家当主は最低限の戦力のみをもって魔獣の討伐にあたることを旨としてこられたはず。それにもかかわらず当代は最近になってオーレナングに置く人員を増やしているとのこと。上級召喚士であるレックス殿の他、既に東国の聖騎士オドルスキ殿、元国軍のジャンジャック将軍と過大な戦力を有しているにもかかわらず、です」

「怖いことですねえ。その力が私どもに向かないという保証がないのですから。いや、我が家のような吹けば飛ぶような男爵家は皆恐れているのですよ、ヘッセリンク伯爵家を」

「然《しか》り。神をも恐れぬ魔人ヘッセリンク伯爵家が人を増やす。警戒せざるを得ないということをご

理解ください。我が家は全能の神レメシオを信奉しています。ですが、神罰などよりもヘッセリンク伯の動きの方がよほど怖いというのが本音でございます」

エスパール伯爵の長台詞《ぜりふ》に追従した子分感満載なのがハポン男爵だな。この場に男爵は一人だけだし。それで、この場でゆったりしたローブを着て異彩を放ってるのがトルキスタ子爵か。神を信奉してる系貴族だな。口振りからすると我が家にいい印象は持ってないみたいだから、エスパール派だな。

「かっかっか！　神より怖いとは、今代のトルキスタは冗談が上手いのう。どうじゃヘッセリンクの。神を超えると評された気分は」

「悪くはありませんが、先日レメシオ神に子宝を願ってきたところなのです。あまり不信心な発言は控えるとしましょう」

「おお！　そうじゃった、新婚じゃったな。カニルーニャの隠し姫を娶《めと》ったと聞いておるぞ。めでたいことじゃ。嫁には優しくせんといかんぞ？　儂などは若い頃にやんちゃをしてはよく頬に紅葉を作ったもんじゃ」

面倒臭そうではあるけど今のところ中立っぽいカナリア公を味方につけた方が良さそうだな。コマンド、お爺さんの情報はあるか？

【カナリア公爵家当主ロニー・カナリア。若い頃には国軍に所属し、隣国との戦で華々しい戦果を挙げた武力全振りタイプ。行動原理は面白いか面白くないかという良くも悪くもわかりやすい方だ

と言えるでしょう。あとは、歴史に名を残す性豪としても有名で、各地に夜の武勇伝を残し、吟遊詩人が歌にするほどです】

エロジジイかよ！　まあ、確かに若い頃は男前だったであろう面影はあるな。

アルテミトス侯もでかいけどカナリア公も負けず劣らず厳つい。背筋も真っ直《ます》ぐだし、かなり若く見える。

「カナリア公は夜の戦場でもご活躍だったと、私のような若い世代にもその武勇伝が聴こえておりますよ」

「その爺さんは生粋の助平《すけべえ》だからな。新婚の奥方など絶対に近づけてはいけないぞレックス殿」

「馬鹿を言うなゲルマニスの。いかにも儂は助平爺《すけべじじい》じゃが、流石に孫と同世代には食指が動かんわい」

僕の軽口に二大公爵が乗っかってキャッキャし始める。いいぞ、その雰囲気でいこう。

と、いうわけにはいかないわな。

エスパール伯爵が眉間に皺を寄せながら軌道修正に入る。

「……皆様、本題に戻っても？　ヘッセリンク伯、お教え願いたい。貴殿はなぜ、今になって人を集め出したのか」

想定問答のいろはの『い』だな。

「ふむ。なぜと言われると困るのですが。強いて言えば趣味ですかね」

案の定、ものすごく不満そうな顔をされた。本音なんだけどなあ。日頃の行いが悪くて信じてもらえないようだ。

「真面目に語る気は、ないということかな？」

「どう取るかは皆様にお任せしますが、正直申し上げてエスパール伯が何を恐れているのかさっぱり理解できない。人を集めたと言うが、料理人や乳母《うば》、執事を雇っただけだ。まあ、一部斥候職の人間も雇いはしたが……まさかその一点をもって我が家が反乱を起こす準備だとでも？　それは流石に臆病が過ぎるのではないかな？」

若造にせせら笑われたことが癇《しゃく》に障ったのか、エスパール伯の声のボリュームが上がる。ここぞとばかりにハポン男爵とトルキスタ子爵も調子を合わせてきた。

「あまり舐《な》めないでもらおうか。あの闇蛇の残党を探し出し、引き入れていることを我々が知らないとでも？」

「それこそ神をも恐れぬ所業ではありませんか。上級貴族、それも十貴院に属しながら薄汚い暗殺者を飼うなど言語道断。なにか事を起こそうと画策していると思われても文句は言えますまい」

「怖い怖い。これから先、ヘッセリンク伯爵家から送り込まれるであろう暗殺者に怯えながら生きていかないといけないと考えると怖いなあ」

闇蛇のことを摑まれてたかあ。

でも、だからなんだと言うのか。こっちはそれがバレてても痛くも痒《かゆ》くもないんだから。

「おやおや。その闇蛇を活用し、生かしていたのは我々貴族だというのにおかしな話だ。それに、私が潰すまで見て見ぬふりをしていたのはどこのどなたかな？　確かに私は闇蛇の残党達を探し出し、あわよくば雇い入れようとしている。理由？　諜報網の構築だ。我が家は直接的な暴力には長《た》けているが搦手《からめて》に劣りますので」

下手《へた》に隠すとボロが出るので正直に話してしまおうというのが全体会議で出た結論です。

これから我が家は腕力だけではなくそういう方面にも力を入れていくよと宣言することで牽制《けんせい》する。西しか向いてなかったヘッセリンクがこれからは中も向くから気をつけろよ？　と。

もちろん積極的に何かするつもりはないけど、舐められてばかりではいけないというジャンジャック、オドルスキなどの武断派の意見を汲《く》んだ結果だ。

「そもそもの話。王太子殿下直々に結婚式に御臨席いただいた際、将来の右腕だという非才の身に余る、大変ありがたいお言葉を頂戴したばかりです。それなのに王家に反旗を翻すなど、あり得ないと思われませんか？　むしろ、王太子殿下の治世になった際にお役に立てるよう、諜報網を整備しようと試みていると、そう評価していただきたいものだ」

「なるほど、そう来たか。まあそういう見方もできなくはないのう」

僕のザ・屁理屈《へりくつ》になぜかカナリアの爺さんが深く頷いてくれた。

多分納得したんじゃなくて引《ひ》っ掻《か》き回《まわ》したいだけなんだろうけど、真面目なタチなのかエスパール伯がノータイムで噛み付いていく。

「カナリア公！　その諜報網に、暗殺を生業《なりわい》としていた人間を進んで迎え入れていることが問題だと申し上げているのです！　失礼を承知で申し上げれば、ヘッセリンク伯爵家はレプミアきっての札付き。そんな家が諜報網の整備のために暗殺者を雇い入れている。何か事を起こされてからでは遅いと思わないのですか!?」

誰が札付きだ！

僕だよ！

その点だけは反論できないから頷いておいた。

「あー、うるさいのう。それは儂ではなく直接ヘッセリンクのに言えばいいじゃろうが。まあ、そんな度胸があればわざわざこんな席は設けんのだろうがの。で？　ヘッセリンクの。小心者達が怯えておるから本音のとこを話してみんか」

煽るなよ爺さん。ほら、エスパールさんの額に血管浮いてるじゃない。そんな状態の人に本音なんか語っても無駄じゃない？

あ、はい説明しますから睨《にら》まないでよエスパールさん。

「本音ですか。困りましたな。嘘をついているつもりはないのですが……順を追って説明しますと、きっかけは先ほどお伝えした王太子殿下のお言葉です。当家としては非常に鼻の高い思いでしたが、同時にこれはまずいと。貴族の集まる場で次期国王たる殿下が私を右腕と評された。それによって何が起きるか」

「嫉妬の嵐が吹き荒れるのう。その嵐は、ヘッセリンク伯爵家直撃の軌道を取るに違いない」

察しのいい爺さんが欲しい答えをくれる。

これにはゲルマニス公もアルテミトス侯も同意らしく軽く頷いている。

「私もそう考えました。そうなれば良からぬことを考えるものも現れるでしょう。直接物申してくれるならいいのですが、そこは貴族ですから搦手搦手となるのが目に見えている。だが、我が家はなぜかそこに対抗する機能が弱いどころか、そもそも存在しないのです。上級貴族でそんな家があるのでしょうか。いや、ない」

家を守るための防衛体制の構築。そのための闇蛇残党の探索と雇い入れだ。

もちろん王太子の治世になった時のためというのもなくはないけど。

「アルテミトスの。お前さん、ずっとダンマリだが何を考えておる？」

ここまで腕組みしたまま目を瞑《つぶ》り、沈黙を貫いていたアルテミトス侯だったけど、流石にカナリア公からの問いは無視できないようで口を開く。

「今日は目を掛けている若者が海千山千の親父達からいじめられやしないかと心配で参加しているだけです。今のところ、特に言うことなど何もございませんな」

僕のことを心配してわざわざこんな遠い場所まで来てくれたのか。

僕が心の中で感謝の念を送っていると、なぜかゲルマニス公が啞然《あぜん》としながらアルテミトス侯をガン見していた。

「ゲルマニス公、どうされましたか？」

「いやいや！　信じられんものを見たぞ。あの、鬼のアルテミトスがいつからそんなに過保護になったのやら……。俺が若い頃といえば親よりも怖いのがカナリアとアルテミトスの国軍上がりの親父達だったんだがな」

わかる。

やっぱり分厚いんだよなこのおじ様達。

何がって、胸板よ胸板。アルテミトス侯は五十中盤だからまだ理解できるんだけど、カナリアの爺さん七十超えてるだろ？　それであの身体はおかしい。

「ラウル殿は、こう言ってはなんだが可愛げという点でヘッセリンク伯に劣っていましたからな」

「アルテミトスの言うとおりじゃわい。貴様ときたら、やれ老害は早く引退しろだのなんだのと、とにかく生意気が過ぎたからのう。そりゃあ可愛がろうという気にならんじゃろう」

二人からボロクソ言われてるけど全然気にした風がないゲルマニスさん。貴族のトップに立つ男に相応しい鈍感力だ。

「そうだったかな？　昔のことは忘れてしまった。しかし良かったじゃないかレックス殿。この偏屈カナリアと堅物アルテミトスに気に入られたのであれば貴殿の立場は安泰だ。しかもラスブランの孫。大体のやんちゃは見過ごしてもらえそうだな」

やんちゃなんかしない、とは言えないか。闇蛇の残党に勧誘かました結果呼び出されたわけだからな。

それに、公爵方は見過ごしてくれそうだけどエスパール一派は鼻息荒いままです。

「ゲルマニス公！　今回の一件はやんちゃの一言で済むものではない！　国の一大事になりかねないのですぞ！」

「だ、そうだ。エスパール伯の言は無視できそうにない。なぜと言って、我らは皆エスパール領に別荘を持っていて年に数回羽を伸ばすのを楽しみにしている。あまり彼の不興を買って出入り禁止にされては困るのだ」

煽る煽る。そして煽られる煽られる。

「ですから！　そのような！　軽い話では！　ないのですよ！」

吠《ほ》えるエスパール伯に面倒臭そうな顔を向けたゲルマニス公が僕に顎をしゃくってきた。

お前が責任持って対応しろということだろう。好き勝手煽っといて丸投げとは流石は偉い人。

「わかりましたわかりました。落ち着きなさいエスパール伯」

「な！　自分の立場がわか」

煽れば煽るほどよく燃えること。松ぼっくりかあんた。

「要は闇蛇などという非合法組織をその身に飼っている家が十貴院の席に座ること罷《まか》りならんとそういうことでしょう？　よろしい。では、その座から降りましょう」

作戦発動。効果は抜群だ。

エスパール一派が目に見えて狼狽《ろうばい》してるな。

アルテミトス侯は一瞬目を見開いた後、口の端をニヤリと持ち上げた。

カナリア公は手を叩いて爆笑。

ゲルマニス公の表情に変化は見られなかった。

「は!? なにを馬鹿な」

「聞こえませんでしたか? 我がヘッセリンク伯爵家は、私レックス・ヘッセリンクの名に於《お》いて、レプミア王国十貴院の九の座を、返上する。そう言ったのです」

「自分が何を言っているのか、わかっておいでか?」

声が震えていますよ? エスパール伯爵殿。考えもしなかったでしょう? 自ら十貴院の座を捨ててしまうなんて。

「怖いなあ。若さというのは本当に怖い。十貴院の座を捨てる? まさかまさかそんな選択肢は」

「その座を守ってきた父祖に、申し訳ないとは思わないのですか? 祖霊も泣いておることでしょう」

エスパール派の二人もそれぞれ驚きを隠せないようだけど、どこか的外れな発言だ。

自分達を基準に考えちゃダメだろう。貴方《あなた》達は我が家と違って魔人じゃないんだから。

「順にお答えしましょうか。エスパール伯、自分の発言の意味がわからないほどおめでたい頭はしておりません。ハポン男爵、この決断に若さなど関係ないのです。必要なことを選択するのが当主の務め。違いますか？　トルキスタ子爵、お忘れですか？　ヘッセリンクの二つ名は魔人です。私の決断に快哉《かいさい》を叫びこそすれ、嘆く祖霊などいない」

ゆっくりと嚙み締めるように説明してみたんだけど、どうも納得いってないみたいだ。

三人してすごい目で睨んでくるじゃないですかやだー。

「当主が一時の気の迷いで栄えある十貴院の座を捨てるなど……貴殿を信じて仕えてきた家来衆になんと伝える気か」

残念。それも想定済みです。

「家来衆にはこちらにお邪魔する前に説明済みですよ。一人として反対するものはおりませんでした。十貴院の座などなくとも、私に変わらぬ忠誠を誓ってくれるそうです。いや、人は宝とはよく言ったものですなあ」

報告・連絡・相談は今世も前世も働く大人の基本だよね。

「なんだ。カッとなってのことではなかったのか。驚かせないでほしいぞレックス殿。どう取り成そうかといらん心配をしてしまったではないか」

絶対焦ってもいないし心配もしてないであろう軽い口調でそう曰《のたま》うNo.1貴族さん。開会の挨拶以降、終始会議を舐めてる感全開だが、ここは軽口に付き合っておく。

「申し訳ございません、ゲルマニス公。まあ、そういうことです。我が家のような札付きが十貴院の座を預かっていること自体何かの間違いだったのでしょう。今後は一貴族として国王陛下を支えていく所存です」

僕の殊勝な発言に胡散臭そうなものを見る目をしたゲルマニス公爵だったけど特に何も言わず、代わりにエスパール伯に水を向ける。

「だそうだが、エスパール伯。なにかあるかな？」

「……ヘッセリンク伯の覚悟のほどは理解いたしました。思い切った決断をなされたと。しかし、十貴院を去ろうとも闇蛇などという非合法組織の人間を」

「その件ですが。ここでいくら言葉を尽くそうと私とエスパール伯の考えの溝が埋まることはないでしょう。ですから、我が家の行動が気に入らないと仰るなら王城に訴えるなりなんなりすればいい」

これも家来衆と相談済みの項目だ。

色々な落とし所を検討したんだけど、元々我が家にいい印象を持っていない相手からの訴えなんだから絶対平行線でしか話が進まないだろうと。

それならいっそのこと王様に下駄《げた》を預けてしまえ！　という乱暴な結論に達した。

軽々しく王様を持ち出すことについて、カナリア公やアルテミトス侯なんかのベテラン当主の皆さんに怒られるかと思ったけど、反応は思いのほか好意的だった。

「なるほど。この問題を国王陛下に裁定いただくということだな。これは面白い」

「思い切るのう。当代もヘッセリンクは魔人か。うむ、よかろう。この話はこのカナリア公爵ロニー・カナリアが預からせてもらおう。儂から責任を持って国王陛下のお耳に入れ、公正無私なご裁定をいただけるようお願いに上がることを約束しようではないか」

それどころかカナリア公自ら王様に話を持っていってくれるらしい。

いいんですか？　甘えちゃいますよ僕。

ハメスロットからは後援者であるアルテミトス侯にその役目をお願いしてみてはどうかと言われていたんだけど、これは予想外だ。

「ゲルマニスの。これ以上ここで話し合《お》うても無駄じゃなし一旦お開きとするがよいな？」

「私は構わない。アルテミトス侯？」

「カナリア公なら異存はない。よろしく頼みましたぞ」

「エスパール伯、ハポン男爵、トルキスタ子爵はいかがかな？」

「……皆様がそう仰るのならば我らに否はございません。カナリア公に全てお任せいたします」

どちらかというと我が家に好意的な反応のおじ様方はもちろん、敵意剝《む》き出《だ》しの三名様も渋々ではあるけど閉会に同意してくれた。

なんでそんなに嫌われるかねえ。過去にこの三家にちょっかいかけた当主でもいるのかな？

【そのような事実は確認できません。エスパールとトルキスタから見れば自らの座を脅かす存在。ハポンから見れば目の上のたんこぶ。ヘッセリンクが邪魔だという点で利害が一致しただけでしょう】

別になにもしないんだけどなあ。なんならハポン男爵家と順位を交換したっていいくらいだ。

ああ、それはそれで下からの突き上げを警戒して嫌われたままだからダメなのか。

「よし。ではこれをもって今次十貴院会議を終了する。各々方、ご苦労だった。国王陛下のご裁定の結果については追って私かカナリア公より通知させてもらう」

ゲルマニス公爵の閉会宣言が終わるとそそくさと退室するエスパール一派。

今後の対応協議でもするんだろう。ご苦労様です。

さあ僕も帰ろうと席を立つと、結構な力で肩を鷲掴《わしづか》みにされる。

振り返ると、アルテミトス侯が怖い笑顔を浮かべていた。

痛い痛い痛い。

「ヘッセリンク伯。あまり驚かせないでくれ。心臓が止まるかと思ったぞ。後見人たる私にくらいは、事前に相談くらいしてもいいではないか」

怒ってる？　ねえ、怒ってるんですか？

まじで痛いから。召喚士の紙装甲に掛けていい負荷じゃないって！

「も、申し訳ございません、アルテミトス侯。謀《はかりごと》は密なるをもって良しとすると言いますし、敵を騙《だま》すにはまず味方からとも」

だから放して！

「小言が過ぎると嫌われるぞアルテミトスの。のう、ヘッセリンクの。今晩は付き合え。面白い小

僧の頭の中を覗《のぞ》かせてもらいながら酒を飲むのも一興じゃて」

さらに空いてる肩をアルテミトス侯より一回り上の力で握られて悲鳴も出ない。

力強《つえ》えよおっさん達。三人並んだら一番華奢《きゃしゃ》なのが僕ってどうなの？

「諦めろレックス殿。このおっさん達はしつこいぞ？　まあ、アルテミトス侯に加えてカナリア公と友誼《ゆうぎ》を結ぶことは悪いことではない。俺も同席するからそう嫌がるな」


なんで、あのおじ様達はつまみもなしに酒を飲み続けられるんだろうか。しかも喉が灼《や》けるような度数の高い代物をだ。

『火酒・竜殺し』とか、酒につけていい名前じゃないし、貴族が嗜《たしな》むには粗野すぎる。

それをストレートでカパカパと流し込む姿は上級貴族と言うよりどこかの非合法組織の長達だったな。

カナリア公にロックオンされて盃《さかずき》を空けたそばからなみなみ注《つ》がれ、お返しに注いでやっても軽々飲み干されてさらに注がれるという悪循環。

ゲルマニス、カナリア、アルテミトスという先達の話は非常に参考になったし、楽しい時間だったことは間違いないけど、結果的に僕はベッドから立ち上がれずにいる。

部屋が酒臭くなるのでメアリに急遽《きゅうきょ》別室を手配してもらったくらいだ。こんなことでエイミーちゃんに嫌われたくないからね。

【カナリア公とアルテミトス侯と言えば音に聞こえた酒豪です。国軍所属の頃も、翌日に兵士が二日酔いで使い物にならなくなるため飲みの席に二人が揃うことが禁じられていたとか】

知ってたなら教えてくれよコマンド。まあ、教えられても逃げきれなかったんだから結果は同じだろうけど。

せめてもう少し弱い酒をくれって言った時の二人の顔が忘れられない。

え？　弱い酒？　なにそれ知らないって顔するんだよ。

ゲルマニス公爵だけがゆっくり首を振ってたけど、下手をしたらあの『火酒・竜殺し』があの場にあった一番アルコール度数の低い酒だったんだろうか。だとしたらやっぱり化け物だわ。主に肝臓が。

「レックス様、起きていらっしゃいますか？」

三人のアルコールモンスター達に対して小指を何かしらの家具にぶつけて悶絶《もんぜつ》してしまえと地味な呪いをかけているとエイミーちゃんの声が聞こえた。

「ああ、起きているよ。だが部屋には入ってはいけない。酒のにおいで酷いことになっているからね」

「わかりました。昼のお食事はどうなさいますか？　体調が優れないようなら晩餐まで寝ていていただいて結構ですよ？」

切実にそうさせてほしい。今食べても胃が受け付けない気がするし、そもそも立ち上がるのもしんどいから。

「退屈させてすまないなエイミー。まさか公爵方があれほどの酒豪だとは思わなかった。しかも昨日の僕はつまみ代わりだ。途中退席もままならずついつい飲みすぎた」

「ふふっ。お気になさらないでくださいレックス様。昨日お帰りになられた時のレックス様はとても楽しそうでした。あのような年相応のお顔を見ることができてエイミーは幸せです」

「そんな顔をしていたか？　まあ確かにつまらなかったかと言われれば楽しかったと答えるが。基本公爵方の若い頃の夜の武勇伝だ。それぞれかなり派手に遊んでいらっしゃったようで、話としては面白いものだった」

まじで酒豪なうえに性豪だった。カナリア公爵はコマンドの情報で把握してたし、ゲルマニス公爵も言われたらそんな雰囲気がある。

驚いたのはアルテミトス侯爵だ。

軍に所属してた頃は結構遊んでたらしい。もちろん皆さん節度と品位を守れる範囲でのお遊びだったみたいだけど。しかし飲み会の話題の大半が下ネタとか大学生みたいだったな。

「まあ！　レックス様に悪い影響を与えないでいただきたいですわ。カナリア公のお話は私のような者の耳にも聞こえてくるほどでしたから」

「心配しなくても僕はエイミー一筋だ。悪い遊びになんか手を出さないから安心しておくれ」

だってエイミーちゃん可愛いから！

こんなに可愛くて素直な子、なかなかいないと思うよ。そのうえ強いとくればもう手放せない。体質のせいで小さい頃は苦労してきたみたいだから最大限幸せになってほしい。

「心配していませんしレックス様を疑うようなこともありません。エイミーは今とても幸せですもの。ヘッセリンク伯爵家という国防の要を担う家に正妻として嫁ぐことができただけでも夢のようです。レックス様はとてもお優しいですし家来衆も良くしてくれます。なにより、これまで隠してきた力が家のためになる。あまりに幸せで死んでしまいそうです」

やだ、本当に可愛い。僕の方が可愛いすぎて死んじゃいますよ。

いや、今は現在進行形の二日酔いで死にかけてるんだけどね。元々今日は何も予定を入れていないから二日酔いで寝てても問題はないんだけど。

「エイミーが幸せだと感じてくれているなら僕も嬉《うれ》しいよ。結婚して早々、十貴院の座を放棄することになってしまった。これはエイミーにも、なによりカニルーニャ伯に申し訳なく思う」

「何を仰るんですか。十貴院の座から退こうとも護国卿の名が廃れるわけではありません。私はどこまでもレックス様について参りますし、父もレックス様のなさりように好意的です。レックス様はヘッセリンクらしく、堂々と振る舞ってくださいませ。それがきっと我が家にとって素晴らしい結果を齎《もたら》すと信じています」

いい女だよエイミーちゃん。

あー、やる気出た。早くオーレナングに戻って人材確保を進めないとな。

十貴院の一員じゃなくなったからといってネームバリューが暴落するわけじゃない。

なんたって僕は王太子の将来の右腕候補だ。その辺を生かして家の将来性をプッシュしつつ忠臣を増やす。

目指せ少数精鋭。

いや、今でもそんな感じだけど適材適所には程遠いからな。

「ご体調が優れないのにお話ししてしまい申し訳ございません。私も部屋に詰めております。もうすぐメアリさんがこちらに参りますのでなにかありましたらお申し付けください」

「ああ。わかった。明日にはオーレナングに帰領する予定だからな。悪いが今日はゆっくり休んでほしい」

「かしこまりました。では失礼いたします」

それから再び泥のように眠り、次に目が覚めたのはその日の夕方。

恐る恐る立ち上がってみると、二日酔いは概ね治まっていて、宿の晩御飯を美味《おい》しくいただくことができたため、予定どおり翌朝オーレナングに帰還することにする。

エイミーちゃんは聖サクラミリア教会やエスパール伯爵領の美しい街並みが気に入ったようで、また遊びに来たいらしい。

すまない妻よ。今の両家の関係性を勘案すれば、お忍び旅行になると思うんだ。

心の中でエイミーちゃんに謝りながら馬車に揺られていると、突然急ブレーキがかかったような衝撃に襲われる。

こちらの世界に来てから何度か遠出をしたけど、その道中でならず者に襲われるっていうある意味テンプレートなイベントには遭遇していなかった。

それもこれもヘッセリンクを表す金塊が描かれたマントが襲撃を躊躇わせているらしく、そういう面では安心して遠出することができていたんだけど、ついにこの日がやってきたらしい。

馬車から降りると、盗賊？　山賊？　まあ、なんにしても僕らの命を狙う気満々の男達二十から三十人ほどが街道を塞いでいる。

こちらは四人。しかも二人は細腕の女性で、もう一人も少女と見間違えるほど細い美少年だ。普通なら強面《こわもて》の男達に怯えて悲鳴をあげるなり恐怖で震えながら涙を流すなりするだろう。

男達も見目麗しい獲物を見てニヤニヤといやらしい笑みを浮かべている。今夜はお楽しみのつもりなのかな？

集団の中から髭面の、馬鹿みたいに大きな棍棒《こんぼう》を抱えた筋肉ダルマ的な男が進み出てきた。どうやらこの集団の親玉らしいけど、絵に描いたような悪役だな。

「おうおう！　やけに身なりのいい兄ちゃん達じゃねえか？　てめえら、貴族様か？　ここを通りたければ相応の対価を払ってもらおうじゃねえか。　金がねえならその綺麗な姉ちゃん達でもいいぜ？　なあお前ら！」

一斉に下品な笑い声をあげる男達。

すげえな。雑魚《ざこ》盗賊のテンプレに使えそうな台詞を恥ずかしげもなく口にするなんて。

もはや古典だ。隣ではメアリが笑いを堪《こら》えてるのか俯《うつむ》いてプルプル震えてるし、エイミーちゃんは珍しい動物を見てるような興味津々の顔をしてる。

「おいおい、お嬢ちゃん。そんなに震えなくても俺たちゃ紳士だから安心していいぜ？　一から優しく教えてやるからよ！」

だめだ、メアリの顔が決壊寸前。

そんなに面白いかね今の三下《さんした》の台詞。

いや、面白いか。

だって明らかに捕食される側が捕食する側に対して積極的に絡んでるんだからそりゃあ笑いが止まらないわな。

「伯爵様。もう始末してよろしいですか？　上級貴族に無礼を働いた時点で極刑です。ここで始末してしまった方が官吏の手間が省けます」

クーデルの提案は却下だ。なぜならここはまだエスパール領内。こいつらをまとめて引っ捕らえてエスパール伯爵に引き渡せば、あんたの領内の治安どうなってるの？　と嫌味《いやみ》の一つも言えるだろう。

「なるほど。では殺さずに仕留《しと》めるということでよろしいですね。正直、あの下卑た視線をメアリに向けられるのが我慢できません」

メアリなら大丈夫。野盗の親分の台詞がツボに入ったのかまだ笑いを堪えてプルプルしてるから。

さて、クーデルとメアリを嗾《けしか》けて制圧するのは簡単だけど、それじゃあ芸がない。せっかくなので僕がどういう生き物かを目の前の男達に思い知らせておこう。

「エイミー、メアリ、クーデル。下がっていなさい。これだけ広い街道なら喚《よ》んでも問題ないだろう」

「おいおい兄貴。まさかでかい奴ら喚び出す気かよ。容赦ねえな。下手すりゃあ何人か死ぬぞ？　まあ最低一人残ってりゃいいんだろうけど」

「いや、ゴリ丸とドラゾンは喚ばない。メアリの言うとおりあの子達だと人死にが出る可能性があるからな」

「まあ！　じゃあミケちゃんを喚ぶのですね。ふふっ、楽しみです」

嬉しそうに手を叩くエイミーちゃんと訝《いぶか》しげに首を傾《かし》げるメアリ。

そう、エイミーちゃんの言うとおり、今から喚び出すのはミケだ。

ゴリ丸、ドラゾンに続く三体目の召喚獣で、エスパール伯爵領に来る前、エイミーちゃんと森で魔獣討伐デートを繰り返している時に召喚士としてのレベルが上がったらしく、それに伴って喚び出せる召喚獣が一体追加された。

【おめでとうございます！　上級召喚士としてのレベルアップを確認しました。レベルアップに伴

い、召喚可能魔獣が一体追加されます。今回追加される魔獣は、脅威度Aクリムゾンカッツェです】

コマンドの誘導に沿って呼び出してみると、現れたのは二足歩行の三毛猫。体毛は白色をベースに茶と黒が混ざっていて、真っ赤なテンガロンハットにマント、それに長靴を身につけていた。

腰にはサーベルを提げていて、わかりやすいところだと長靴を履いた猫だろうか。

巨体を誇るゴリ丸やドラゾンと違って背丈は150㎝あるかないかと小柄だ。

僕がミケと名付けると、ニャーと短く鳴いて僕とエイミーちゃんにスリスリと身体を擦《こす》り付け始めた可愛い子だが、なぜ僕の召喚獣はすぐにエイミーちゃんにも懐くのか。

ミケのお腹《なか》のもふもふを心ゆくまで堪能してエイミーちゃんが素敵な笑顔だったから文句はないけどさ。

「おいで、ミケ」

今日も今日とてごっそりと持っていかれた魔力と引き換えに、空から魔獣が降ってくる。

重量が違いすぎるのとミケが猫型なのとで、ゴリ丸達の着地がどーん！　ならミケの着地はすたっ！　って感じだ。

着地したミケは僕とエイミーちゃんに軽くすりすりすると野盗の敵意を感じたのか腰のサーベルを引き抜いてシャーッ！　っと威嚇の声をあげる。

「はっ！　何かと思えば可愛い猫じゃねえか！　虚仮威《こけおど》しにもなりゃしねえよ！　なあお前ら！」

見た目が可愛い猫だからな、その反応は仕方ない。とてもじゃないけど脅威度Aのやばい魔獣に

は見えないだろう。

「メアリ、クーデル。ミケが突入したら逃げようとする輩を捕らえろ。多少手荒くしても構わない。自分達が誰を相手にしているのか思い知らせてやれ」

「了解。しかし、どんな凶悪な面した魔獣が出てくるかと思ったら猫かよ。いや、兄貴が喚び出すくらいだから中身が普通じゃねえのはわかるけどよ」

「可愛いわ。猫は可愛い。メアリとユミカの次に可愛いのは猫ね。触らせてくれないかしら」

それぞれの感想を漏らす二人に対し、ミケはメアリによっとばかりに右手を上げ、クーデルには僕達にしてみせたように身体を擦り付けた。どうやら仲間だと理解してるらしい。

「ミケ、狩りの時間だ。目の前の獲物を全て生かして捕らえろ」

僕の指示に短くニャッと可愛い鳴き声をあげたミケが突撃すると、油断し切った盗賊達は長靴を履いた猫がサーベルを振るう度に汚い悲鳴をあげながら次々と倒れていく。

「おー、すげえなあの猫。流石は高脅威度の魔獣だわ。だけどよ兄貴。あいつ、どうやってサーベル握ってんの？　肉球だろ？」

僕もそれは疑問だ。遠目に見てみると一応サーベルの柄《つか》を握ってるみたいだけど腑《ふ》に落ちない。猫に指はないからな。

とは言うものの。

「そんなことを言ったらあのテンガロンハットやマントの説明もつかないだろう。あのレベルの魔獣の生体は一切解明されてない。つまりそういうことだ」

そう、魔獣がマントつけてたり帽子被《かぶ》ってたり長靴履いてたり。猫なのに二足歩行だったり。

ツッコミどころは満載だ。説明するなら、だって魔獣だしということになるだろう。

「そういうものだと理解しろってね。了解。ま、敵じゃねえからいいんだけどさ」

「頑張ってミケちゃん！　可愛いだけじゃないところを見せてちょうだい！　きゃあ、可愛い！強い！」

意外と行動原理が理性的なメアリとは対照的に、エイミーちゃんが黄色い声をあげてミケを応援している。

可愛いが可愛いに声援を送る姿、間違いなく可愛い。

「ほら、エイミーを見てみろ。細かいことなど一切気に留めてないじゃないか。あれくらいでちょうどいいんだ」

「まあ、あそこまで振り切るのは無理だけど努力するよ」

そうだね。ミケ相手に黄色い声で歓声を送るメアリはあまりしっくりこないからあくまで努力目標にしてもらえると助かる。

「私はゴリ丸もドラゾンも可愛いと思いますよ伯爵様。でも一番可愛いのはメアリ。それだけは譲れません」

ぶれない女暗殺者が満面の笑みを浮かべている。

「僕もこの世で一番可愛いのはエイミーだと思ってるとも。僅差の二位でユミカだな」

そう呟《つぶや》くと、意外にもメアリ至上主義者であるところのクーデルが深く深く頷いた。

「……確かにユミカは天使です。あの子にクー姉様と呼ばれた瞬間に雷に打たれたような衝撃が背中に走ったのを覚えています。この私が思わずメアリから転びそうになったもの。あの子は恐ろしい子です」

彼女の場合、メアリとそれ以外の間には越えられない壁があると思っていたんだけど、我が家の狩人はいつの間にかここも撃ち落としていたらしい。

「我が家は本当ユミカが好きだよな。なんかの呪いにかかってんのかと思うくらいの溺愛っぷり。正直たまにひくわ」

「そんなこと言って、メアリもだいぶ甘やかしてるだろう。寝る前に甘いものを与えるのはやめなさい。虫歯になったらどうする」

我が家はユミカに全騎撃墜されている。もちろんメアリもだ。

大っぴらには甘やかさないけど二人だけの時とかには頭撫《な》でたり飴《あめ》をあげたりしてるって、知ってるんだぞ？

「ちっ、大丈夫だよ。甘さ控えめのやつだから」

問題はそこじゃないが、まあいい。

「メアリ、私も甘やかしてくれても構わないのよ？　ええ、朝でも夜でも晴れの日も雪の日も。その代わり、もちろん私もメアリを甘やかすわ」

ぶれないぶれない。

メアリって名前を口に出すだけで頬が上気して瞳が濡《ぬ》れるのすごいよね。

愛とは偉大だわ。うん、その愛がどんな質でも偉大よ。

「熱烈だな。幸せ者め」

「うるせえや」

思っていた以上に襲ってきた野盗達が弱かったのか、逃げる間もなくその数を減らしていった。

あちこちから呻《うめ》き声《ごえ》が聞こえるので指示どおり殺してはいないみたいだ。

野盗達の間を猫型魔獣特有のしなやかな身体使いで駆け巡り、主に腰から下を斬りつけて動きを封じているらしい。

そろそろ終《しま》いかな？

「メアリ、クーデル」

僕が声をかけるとわかっているとばかりに無言で前に出る。

おお、なんか今のかっこいいな。

「俺が右から行く。お前は左からだ。一匹も逃すなよ？」

「ええ。ただの色ボケじゃないところを伯爵様にご披露させてもらうわ」

色ボケだと思われてることは自覚してるんだな。

じゃあメアリのためにも少し抑え目にしてくれてもいいんじゃないかと思わなくはないが、それを強制してテンション下げられても困るんだよなあ。

使用者側としては迷いどころだ。

「私がレックス様をお守りします。金塊の外套に喧嘩《けんか》を売ったことを彼らに後悔させてあげなさい！」

「御意」

待ってエイミーちゃん。それは僕の言うべき台詞！　お前達もノリノリで片膝つくんじゃないよ。笑うなメアリ。ほら、ミケがシャーッ！　ってしてる。油断するなとさ。

「おっと、猫様がご立腹だ。行くぞクーデル」

「ええ、メアリ。伯爵様に元闇蛇の価値を示すわよ！」

メアリにもクーデルにも、ついでにアデルやビーダーにも闇蛇残党の探索を継続することを約束しているし、諜報網の基礎を築くべく外に出てもらっている四人を含めてその価値は認めている。心配しなくても大丈夫なんだけど、その価値を上積みしてくれるなら、もちろんそれに越したことはない。

「メアリもクーデルも素晴らしい動きですねレックス様。流石に脅威度Aの魔獣であるミケちゃんと比べられはしませんが、あの若さであれだけの動きができるなんて……改めて闇蛇という組織の恐ろしさを感じます」

その組織の在り方に対する是非は一先《ひとま》ず置いておくとして、育成能力という一点に焦点を当てるなら素晴らしいと言わざるをえないと思う。その育成ノウハウは僕が永遠に葬ったわけだけど。

「生まれた時から暗殺というものが当たり前にある生活だ。ほとんど洗脳のようなもののなかで生きるために腕を磨くしかなかった結果、あの域に辿《たど》り着《つ》いたのだろう。特にメアリは闇蛇の長い歴史の中でも最高と言われる死神だ」

大人達を差し置いて、十三歳のメアリがオーレナングに送り込まれた事実が全てを物語っている。

「ジャンジャックとオドルスキを相手にして今も命を繋いでいるんですものね」

「ああ、当時のメアリはほんの子供だった。ヘッセリンクに相応しい化け物だと思って勧誘したが……結果的に会心の判断だったわけだ」

レックス・ヘッセリンクによくやったと言ってやりたい。いや、割と本気だ。メアリがいてくれてだいぶ助かってるから。

「とりあえずこんなところか？　全員生きてるよな？　あ？　治療なんかするわけねえだろ甘えんなよ。領地の端っことはいえ街道なんだから定期巡回の騎士くらい来るだろ。そいつらに引き渡すからあとは勝手にやってくれ」

ミケ、メアリ、クーデルのトライアングルに囲まれて一人残らず叩きのめされた野盗達のなかで、図太くも治療を求めた輩がメアリに蹴り飛ばされていた。

ミケはエイミーちゃんに顎と耳の後ろを撫でられてゴロゴロと喉を鳴らしている。

終わってみればこちらの被害はゼロというパーフェクトゲームだ。

「思っていた以上に呆気《あっけ》なかったな。もしかしたらエスパール伯の手勢が野盗に化けて襲ってきたのかと勘繰っていたが……その可能性は低いか」

「街にいた兵士達の練度を考えれば伯爵様の仰るとおりかと。こいつらは本当にただの野盗で、たまたま私達を襲ったと見るのが妥当だと思います」

確かに街にいたお揃いの装備を身につけた衛兵達の只者《ただもの》じゃない感を考えればあまりにも弱すぎる。こいつらがエスパール伯の差し金ならネチネチいびってやろうと思ってたのに当てが外れたな。

「ミケちゃんを呼ぶまでもなかったですね。これくらいなら私とメアリとクーデルで十分対応できる範囲でした」

そうかもしれないけど流石にエイミーちゃんを前に出すのは憚られる。世間的には深窓の令嬢だからなこの子。

「まあそう言うな。ミケをメアリやクーデルに御披露目《おひろめ》できたし良しとしよう」

「そうそう、それ。路線変更したのな。デカブツデカブツときてまさかの猫って。いや、中身は化け物だけどさ。てっきり兄貴は大型魔獣に拘《こだわ》ってるんだと思ってたよ」

ラージサイズ魔獣縛り？　そんなつもりは全くない。ゴリ丸とドラゾンがたまたま大きかっただけです。

「別に自分で選択できるわけじゃないからな。召喚できる魔獣の種類は神の御心《みこころ》次第さ。まあ、当たりを引き続けている自信はあるがね」

ゴリ丸、ドラゾン、ミケと、みんな脅威度Aという引きの良さ。僕のステータスが設定されてるなら、運の数値が限界突破してそうだ。

「こ、これは！」

そろそろメアリに衛兵さんを呼んできてもらおうかと考えていると、タイミングよく四人の騎兵がやってきて倒れている野盗を見て驚きの声をあげた。

街中で見たお揃いの装備を身につけてるから間違いなくエスパール領軍の兵士だろう。

「ようやくおでましか。私はヘッセリンク伯爵家当主レックス・ヘッセリンクだ。十貴院会議に参加し帰領するところ、このならず者達に襲われたので返り討ちにしておいた」

僕が名乗り、外套を示すと全員がすぐに下馬し、膝をついた。

おお、一糸乱れぬ動き。やるねエスパール伯領軍。

「上級貴族を襲うとは、この愚か者どもめ！　応援を呼べ！　護送のための手配も忘れるな！」

「街でも感じたが、エスパール領軍の練度は素晴らしいな。頼もしい限りだ」

素直な感想です。エスパール伯個人にはいい印象を持ってないけど、キビキビした兵士の動きには拍手を送りたくなる。家来衆は真面目なんだな。

「お褒めに与《あずか》り光栄です。観光を柱にしている以上治安維持は何にも優先されますもので。野盗の類いは定期的に駆除しているのですが……お手を煩わせてしまい申し訳ございませんでした」

この組の責任者らしい年嵩《としかさ》の兵士が深々と頭を下げる。うん、好印象。

「いや、この程度なら手間というほどでもないさ。この件についてエスパール伯には後日書簡を出すつもりだが、警備の兵の練度の高さに驚いたと加えておこう」

「我々武人の頂点に立つ護国卿にそこまで評価していただけるとは。エスパール領軍を代表し、御礼申し上げます！」

めちゃくちゃ喜んでくれた。みんなで呑《の》んでねとポケットマネーから寸志を渡すと流石に断られたけど、無理矢理握らせておく。

こういう末端の兵士への草の根活動は大事だからね。

後始末はやる気を出した兵士達が請け負ってくれるということなのでお言葉に甘えて出発すると、メアリがニヤニヤしながら僕を見てくる。

「誑惑公に勝るとも劣らねえ人誑しっぷりだったじゃねえか。あの隊長さん、目え潤ませてたぜ？」

「ゲルマニス公の域には遠く及ばないさ。あの方は息をするように他人を懐柔する生まれながらの人誑しだ」

そう、僕は護国卿という兵士によく効く肩書きに加えて意図的に仕事を褒め、さらにさらに金まで渡しての人誑しだ。

ゲルマニス公爵なんか、なんとなく同じ空気を吸ってちょっと話しただけで惹《ひ》き込まれる感じがある。

チートとはあのことだ。きっと魅力の数値はカンストしてることだろう。

「確かに。貴族の一番上に立ってるくせに俺みたいな従者の名前を呼んで気遣いの言葉をかけてくるんだぜ？　ありゃあヘッセリンクの家来衆以外は靡《なび》いちまうだろうなあ」

「ほう、ヘッセリンクの家来衆は靡かないか？」

「爺さんやオド兄、アリス姉さんなんかが兄貴以外に頭下げてる絵が想像できるかよ」

んー、できないな。

ゲルマニス公爵が主人公のゲームがあっても我が家の家来衆は攻略対象にはならないだろう。

「我が家の家来衆はレックス様を心から慕っているのが伝わってくるものね。レックス様も家来衆を大事にされていらっしゃるし。ふふっ、妻としては少しだけ嫉妬してしまうわ」

「おやおやこれは困った。家来衆はもちろん大切だし頼りにしているが、この世で一番愛しているのはエイミーに決まっているじゃないか」

あー、エイミーちゃん可愛いわあ。ついつい勢いで抱きしめちゃったよ。顔真っ赤にしてまあ。

「レックス様……」

「うわあ、鬱陶しいわあ。他領の街道のど真ん中でイチャつくんじゃねえよまったく」

ですよねごめんなさい。メアリの辛辣《しんらつ》なツッコミを受けて光の速さで僕から離れるエイミーちゃん。妻が可愛くて幸せです!!

「メアリ、私も街道のど真ん中で愛を囁《ささや》かれたいわ。さ、ちょうだい」

「うるせえよ。ほら、雇い主夫妻が二人の世界に浸って無防備だから警戒すっぞ。こんなとこ襲撃されて怪我でもされたら赤っ恥だぜ」

さて、やるべきことはやった。ただ、今回は中立のおじ様達が揃って味方をしてくれるという幸運があったのも事実だ。もしゲルマニス公やカナリア公が相手だったら力負けするのが目に見えている。

オーレナングに帰ったら、本格的に人材の発掘と採用を進める準備をしないといけないな。

間章　ゲルマニスとカナリアとアルテミトス

十貴院会議という何の権威もないくだらない寄り合いも、今回は久々に楽しむことができた。

主役はレックス・ヘッセリンク。

『魔人』の二つ名を背負う若者は、海千山千の親父《おやじ》どもを相手に一歩も引くことなく、むしろ自らに悪意を向けた相手の頰《ほお》を強烈に張り飛ばすような痛快な切り返しで場を盛り上げた。

これには中立の立場だった親父達も大喜びで、会議が終わってから先ほどまでヘッセリンク伯を捕まえて酒の肴《さかな》にしていたほどだ。

ヘッセリンク伯は、酒には強いようだがカナリアとアルテミトスが揃《そろ》っていては分が悪い。従者に付き添われて千鳥足で帰宅していったので、残った三人で飲み直す。

「しかし、面白い小僧じゃったな。あれを相手取るには、エスパールのじゃ荷が重いわ」

「だいぶ頑張っているのだがな、エスパール伯も。惜しむらくは気が小さすぎる。自らは元近衛で領地も盛り上がっているというのに、それで一体何を怖がることがあるのか。理解に苦しむ」

カナリア公の評価にそう応じると、アルテミトス侯が俺を宥《なだ》めるよう酒を注《つ》いでくる。

「まあ、そう仰《おっしゃ》るなラウル殿。我々のような一般的な貴族からすれば、ヘッセリンクというのはそこに在るだけで言葉にできないような圧を感じるものなのだ」

アルテミトス侯が一般的な貴族とは何の冗談だと言いたいところだが、話の肝はそこではない。

「圧、ねえ。いや、会議の前にも酒席をともにしたが、俺にはただの可愛《かわい》い若者にしか見えなかったから余計にな」

多少甘いところはあるが、こちらに含むところもなく、最新の魔人にしては穏やかでよく笑う男だった。

「ほう。息をするように他人を誑《たら》す割にはその他人への評価が極めて辛《から》いお主が可愛いなどとは。良くないことの前触れか？」

「失礼な。俺は褒めるべき相手ならしっかり褒める。ただ、その対象が少ないだけだ。ああ、最近だとヘッセリンク伯の従者である元闇蛇の若者は褒めたか」

俺以上に人を褒めない従者のダイファンが褒めたのだから本物なんだろう。まったく将来が楽しみだ。

「闇蛇か。さて、陛下がそれをどう評価されることやら」

アルテミトス侯が手酌でクイクイッと続けざまに杯を干しながら嘆息すると、カナリア公が酒瓶を引ったくりながら応じた。

「別に問題ないじゃろ。ヘッセリンクのがあの組織を潰したと情報が流れて以降、それに類する事案も報告されておらん。つまり、闇蛇は間違いなく死んだ。残ったのは、元闇蛇という肩書きに縛られた行くあてもない者達じゃ」

「普通なら厄介な存在だが、ヘッセリンクがまとめて面倒を見てくれると言うんだ。感謝する必要まではないが、糾弾する権利は、少なくとも俺達貴族にはないだろうな」

特に、闇蛇を生み出した張本人であるゲルマニスにはその権利も資格もないのは明白だ。

「その件カナリア公に万事お任せした。いやあ気が楽だ。最悪後見人たる私が陛下に説明しなければならないところでしたからな」

少し前には武力衝突の一歩手前までいったらしいのに、いつの間にか良好な関係を築いているアルテミトス侯が笑うと、カナリア公は大袈裟《おおげさ》に肩をすくめて見せる。

「ま、愉快な茶番を見せてもらった礼代わりじゃ。それよりも、酔っておったとはいえまさか儂《わし》ら三人の前で新婚の嫁さんの自慢をするとは」

「あっはっは！　それは確かに。いや、私は愚息の件で奥方にも会ったことがありますが、確かにいい面構えでした」

「とはいえゲルマニス、カナリア、アルテミトスを相手に『妻の可愛いところを順に発表しましょう。まずは十番目から』ときた。いやいや、十個は多いだろう」

魔人は頭のネジが常人より緩んでいると聞いたことはあるが、まさかこの面子《メンツ》相手に惚気《のろけ》を仕掛けてくるとはと驚いたものだ。

「他人の嫁のいいところなんか三つでも聞かされたくないわい。まあ、儂も連れ合いのいいところなら十でも二十でも語れるがのう」

「カナリア公の奥方は、レプミアの誇る聖女様ですからな」

「『千人斬り』などと呼ばれる助平爺《すけべじじい》を見捨てず長年連れ添っている。他にどんな悪癖があろうとその一点だけでお釣りが来るだろう」

第四章　転生貴族と侵入者

「レックス様、奥様。無事のお戻り、心よりお喜び申し上げます」

疲れた。いや、あれ以降特に襲撃とかはなかったけど、エスパール領が遠かった。行きは色々ワクワクしてたから感じなかったんだけどなあ。

部屋にやってきたジャンジャックの顔を見てホッとしちゃうくらい疲労困憊《ひろうこんぱい》だった。

「えらく大袈裟《おおげさ》じゃないかジャンジャック」

「何を仰《おっしゃ》いますやら。レックス様が最低限の手勢のみで敵地に踏み込まれたのです。我ら留守居の家来衆一同、朝に晩にご無事をお祈りしておりました」

「戦場に出たわけではないのだがな。一応皆と話し合ったとおり、十貴院を脱する意思は表明してきた。だが、カナリア公に面白がられてしまってな。カナリア公預かりとして国王陛下に是非を諮《はか》ることになったので結論は出ていない。当面は待ちだな」

カナリア公の名前を聞いてジャンジャックが微《かす》かに嫌な顔をした。

珍しいな。もしかすると、若い頃に同じ軍にいたはずだからあの爺《じい》さんのやんちゃの被害に遭ったんだろうか。

真面目なジャンジャックとは絶対合わなかったはずだ。

「カナリア公でございますか。あの方は昔から物の善《よ》し悪《あ》しを面白いか否かで決めたがる悪癖をお持ちですからな……」

「まあどちらかというと我が家に対して好意的な態度を取られていたからそう悪いことにはならないと思うが、どうなることやら」

エスパール、トルキスタ、ハポンには嫌われてるけど、ゲルマニス、カナリア、アルテミトスには好印象を残した手応えがある。

なんだかんだ朝まで付き合ったからね。

「どちらに転んでも当家は損をしない話でございます。レックス様の仰るとおり、当面はゆっくりと身体《からだ》をお休めください」

そうさせてもらいたいな。

アルテミトス領、クリスウッド領、エスパール領と遠出が続いたからこの辺で落ち着いてゆっくり過ごさせてもらおう。

「メアリとクーデルも労《ねぎら》ってやってくれ。厚めに手当をつけてやっても構わない。さて、僕が不在の間特に変わりはなかったかな？」

僕の問いに対してジャンジャックが唇の端を吊《つ》り上《あ》げて薄笑いを浮かべる。

なんだなんだ。不安になるからやめてくれよ。

そういえばいの一番に出迎えてくれそうな面子《メンツ》がいないな。怪我《けが》とか病気とかなら見舞わないといけないが……。

「あると言えばありますし、ないと言えばないのですが……。爺めからお伝えしていいものかどうか。とりあえず両名を連れて参りますので暫《しば》しお待ちください」

意味深な笑みと言葉を残して退出するジャンジャック。

エイミーちゃんも首を傾《かし》げてる。

二人で不安な時間を過ごしていると、バタバタと駆けてくる足音が聞こえた。この足音は間違いなく僕らの天使のものだ。

「お兄様！　エイミー姉様！　お帰りなさい！　ユミカは寂しかったです！」

案の定、ユミカが部屋に駆け込んできて僕とエイミーちゃんに飛びついてきた。

長期出張で家を空けていた飼い主が帰ってきた時の子犬みたいだ。尻尾《しっぽ》があったらブンブン振っていたことだろう。

旅の疲れが一気に吹き飛ぶくらい癒やされる。

エイミーちゃんも蕩《とろ》けそうな笑顔でユミカを撫《な》で繰り回してるので気持ちは同じだろう。

「はっはっは！　ただいまユミカ。いい子にしていたかな？　お土産《みやげ》をたくさん買ってきたからあとで渡そう」

奮発しちゃったから楽しみにしていてほしい。流石《さすが》は観光地だけあって土産物の種類も豊富だったから絞りきれなかったんだよね。

コマンドの保管があって本当によかった。

「嬉《うれ》しいわ！　ありがとうお兄様！　お義父《とう》様！　お義母《かあ》様！　何をしているの？　早く入ってきてお兄様とお話ししましょう！」

おやおや？　オドルスキを示すお義父様のあとに、おかしなワードが聞こえましたね。

エイミーちゃんも目を見開いて僕の手を握ってきた。これはまさかの？

「お義母様？　……おい、ジャンジャック」

悪戯《いたずら》が成功したように微笑《ほほえ》むジャンジャック。その顔に鏖殺《おうさつ》将軍と呼ばれた古強者《ふるつわもの》の面影はない。

「ええ、ええ。つまりそういうことでございます。さ、オドルスキさん、アリスさん。いつまでそんなところで小さくなっているのですか。早くレックス様にご報告なさい」

我が家の聖騎士とメイド長が緊張で強張《こわば》りまくった顔で入室してくる。オドルスキは右手と右足が同時に出てるな。

なんでそうなった？

「お、お館様。無事のお戻り、こ、このオドルスキ」

焦りすぎだよセイントナイツ。普段の威厳はどこに落としてきたんだい？

「回りくどい挨拶は抜きだ。それで？　どちらから切り出した？　やはりアリスからか？　どうなんだ」

好奇心が抑えきれません。人の恋バナってウキウキするよね。それが親しい人であればあるほど顔がニヤけちゃう。

くそ、なんで僕がいない間にそんなことになってるんだ。いくらでも機会があっただろうに。

「い、いえ。それはその、私から、です。先日、私と夫婦になってほしいと、申し入れ、う、受け入れていただいた次第です」

これは意外。そっち方面は完全にヘタレだったはずのオドルスキから告白できたのか。

これは、盛り上がってまいりましたあ！

「おお！　オドルスキからか！　はっはあ、やったではないか！　いや、魔獣には一切怯《ひる》まぬ聖騎士がこの手の話だけは腰が引けてしょうがなかったからまだまだかかるだろうと見ていたが……」

僕のテンションにやや引きながらも、オドルスキはユミカを抱き上げながらぎこちない笑みを浮かべた。

「ユミカから、早くアリス嬢に気持ちを伝えなければ他の男に盗《と》られてしまうぞと、発破をかけられましてございます」

「ユミカ！　よくやった！　なんと義父思いの優しい子だ。いや、こんなに嬉しい報告が待っているとは思わなかった。よし、今日は宴《うたげ》だ！　マハダビキアを呼んでくれ。段取りをするぞ！」

土産には食べ物や酒もたくさんあるから今日は大盤振る舞い決定だ。あー、肉を狩りに森に出たいけど間に合うかな。

「旦那様落ち着いてください。オドルスキ殿、まずは旦那様に私達の婚姻を認めてもらわなければいけません」

今にも部屋を飛び出しそうなテンションの僕に気付いたアリスがオドルスキの腕に触れる。

「おお、そ、そうだな。よし……お館様」

「許す。もちろん二人の婚姻を認めるに決まっているだろう。むしろ障害があるなら言え。僕が全て排除してやる。そうだ、二人が夫婦になるなら家がいるか？　ユミカと三人で暮らせるよう離れの横に戸建てを作った方がいいな。ハメスロット！　ハメスロットはいるか！」

食い気味に婚姻を認めました。

そりゃそうだろ。わざわざ許可とか取らなくていいし、許可しない理由が見当たらない。

オドルスキとアリスがユミカの両親になるんだよね？　最高だ。感極まって三人を抱きしめてしまいました。

「旦那様、その、え？」

「アリス、こうなっては誰もお館様を止められない。お館様のなさりように感謝し、全て受け入れた方がいいだろう」

「良かったなあユミカ。強く頼もしい義父に、美しく優しい義母だ」

オドルスキの腕からユミカを奪ってクルクルと回る。

ユミカはキャッキャと笑い声をあげていたけど、僕が二人の結婚を認めてホッとしたのか、目に涙を溜《た》めて強く抱きついてきた。
「本当のお父様とお母様は知らないけど、お義父様に優しくしてもらって、アリス姉様がお義母様になってくれて。ユミカは、ユミカは、ぐすっ、幸せだよ？　ありがとう、お兄様」
僕達《たち》もユミカがいてくれて幸せに決まってる。ユミカを泣かせる輩《やから》がいるなら一戦交えることも辞さない。
そうだろうお前達!!

【おめでとうございます！　忠臣がランクアップしました！

孤児　ユミカ↓天使　ユミカ

ランクアップ内容を説明します。

《天使　ユミカ》
聖騎士オドルスキを父と慕うヘッセリンク伯爵家のアイドル。特殊能力こそ備えていないが、その笑顔は悪人善人問わず全てを癒やす】

……なんだこれ。

【ランクアップについてご説明いたします。忠臣それぞれに、ジョブが設定されているのはご存じですか？】

ジョブ。エイミーちゃんのマジカルストライカーとか、オドルスキの聖騎士とか？

執事やらシェフの他に、まだ見ぬ亡霊王さんとか特殊なやつもあるよね。

いや、肩書きが特殊じゃなくたっていいんだ。イリナなんか肩書き……ジョブっていうのか、それ自体はノーマルなメイドだけど、能力は高いんだよ。

若くて元気でなにより可愛《かわい》い。そんなイリナにはぜひ幸せになってほしいもんだ。

そう、オドルスキを捕まえたアリスのように。

メアリだと若すぎるから、フィルミーなんかどうだろうか。元侯爵家の斥候隊長で長身のイケメン。なにより真面目でヘッセリンクに染まってないのがポイント高い。

お節介を焼く気はないけどもし二人がそういうことになることがあるなら、ぜひ応援したい。

【話を続けても？　先ほどのユミカのランクアップでお気付きかと思いますが、家来衆は特定の条件を満たすことで、上位のジョブに昇級する可能性があるのです。もちろん、全員が全員そうであるとは限りません。先に申し上げておきますが、オドルスキ、ジャンジャック、マハダビキア、ハメスロット、アリス、ビーダー、アデルについてはランクアップの可能性はありません】

ということは、メアリ、クーデル、イリナ、フィルミー、エイミーちゃんにランクアップの可能性があると。

【とはいうものの、もちろん簡単に成し遂げられるものではありません。レックス様がこれから様々な経験をされるなかで得られる偶然の要素に大きく左右されることでしょう】

まあ今のままでもみんなに十分満足してるから無理にランクアップを目指す必要はない。

ユミカもランクアップしたけど、特に特殊な何かに目覚めたわけじゃない。

そこにいるだけで、ただただ癒やされる存在へ進化しただけさ。

控えめに言っても最高だな。なにより公に天使として認められたのが素晴《すば》らしい。

この世の理《ことわり》が僕らの想《おも》いを認めたと言っても過言じゃないだろう。

世界よ、これが天使だ。天使がジョブなのかという疑問を掘り下げるなんて、野暮《やぼ》なことをしてはいけない。

【ユミカのランクアップは特殊な例です。基本的にはその役割に必要な能力に大きな補正がかかることになりますので、仮にメアリがランクアップを果たせば暗殺者としてより高みに到達することでしょう】

メアリ、スーパーアサシンにでもなるのかね。今はそういう仕組みがあるってことだけ頭の隅に置いておくとしよう。

【ここでレックス様に朗報です。レックス様の保有する最高戦力、亡霊王マジュラスの目覚めが近

づいております。具体的には伏せさせていただきますが、近いうちにレックス様の前に姿を現すことでしょう】

おお、ついに亡霊王様が顕現されるなんて、テンション上がってまいりました。

どんな奴《やつ》なんだろう。ガチャに名前があったから忠臣なんだろうけど、王様が一国の伯爵に頭を下げるかな？

まあその辺は会って確認すればいいか。今は我が家に必要な人材を精査しないと。

「必要な人材でございますか」

まずは技の執事ことハメスロットを呼んで下相談だ。人外揃《ぞろ》いの中ではフィルミーと並ぶ常識担当。

まずは一般論と常識論を確認しないと。

「ああ。幸運なことに能力の高い家来衆が増えているからな。この機運を逃さず我が家の人という面を充実させたいと思っている。戦闘方面はまあ過不足ないとして、内政や家の維持に関わる人材を若干名雇用したい。ハメスロット、お前はどう思う？」

「さてさて。家格に比して内政を司《つかさど》る文官の数が少なすぎますので人を増やしていただけるのであれば諸手《もろて》を挙げて賛成と言いたいところですが……。伯爵様のなかで具体的に欲する人材像がおありでしょうか？」

探るように聞いてくるハメスロット。要は、もう欲しい人材が決まってるんだろ？　回りくどいことせずさっさと吐けや、ということだ。

話が早くて結構。

「そうだな。内政担当の文官と若い世代のための家庭教師が欲しいと思っている」

「家庭教師でございますか？　それであれば私やジャンジャック殿で対応可能ですが」

「これはあくまでも僕の勘だが、我が家はこれから忙しくなる。そんななかで文武両方の筆頭が仕事を兼務することは好ましくないのだ。専門の人員を置くことでそれぞれが最大限の成果を挙げられる体制を構築したい」

今のままなら兼務兼務で回せるんだろうけど、何かの弾みで規模を拡大することになったら各人が専門分野に力を注いだ方がいいと思うんだよね。

それに、諜報網《ちょうほうもう》の例もある。

大きくなって慌てても遅い。砂上の楼閣じゃ意味がないから体制作りにも時間をかけないと。

「お考えは承りました。ただ、すぐすぐにというわけには参りません。質の高い人材というのは既に他家に囲い込まれているものですので。在野の士を探すにも時間が必要です」

「その辺りは任せる。僕もクリスウッドやロンフレンドあたりに文を送ってみるつもりだ」

「では、カナリア公にも文を出されませ」

「カナリア公に？　なぜだ」

「カナリア公爵家は代々武偏重の御家柄《おいえがら》ですが、それを維持していられるのも質の高い文官の存在があるからこそと言われています。実際、学校を優秀な成績で卒業したならば貴族だろうと平民だろうと積極的に登用しています。熟練者が若手を鍛え上げ、若手が熟練者になればまた若手を鍛え上げると」

理想的だな。定期的に若手を入れて育てながら血の入れ替えも図る。人件費がかかって仕方ないだろうけどそこは大公爵だから大して問題にならないんだろう。

小身貴族だとそうはいかない。

ハメスロット曰《いわ》く、引退間際の文官から若手への引き継ぎが上手《うま》くいかずにてんやわんやなんてことはざらにあるらしい。

「我が家も毎年若手を雇用するというわけにはいきませんが、ヘッセリンクに適合しそうな優秀な人材がいないか随時目を光らせるというのは大事なことでしょう。元闇蛇の彼らには私からその旨指示しておきます」

「諜報網の四人を使うか。よし、もしそのような人材を見つけたなら賞与を出そう。額は弾ませてもらうぞ」

「それはやる気も出ることでしょう。では早速着手いたしますが、他の家来衆にはこのことを話しても？」

「任せる。各人これはと思う者がいれば僕に伝えるよう言っておいてくれ」

「火魔法、炎連弾《えんれんだん》!!」

エイミーちゃんのスティックから複数の赤い弾丸が飛び出してあっという間に四つ足の魔獣の顔面に殺到する。一つ一つのダメージは大したことがなくても火魔法の弾丸だ。

嫌がるように身を捩《よじ》るのは脅威度Bの人頭獅子《じし》。読んで字の如《ごと》く人面ライオンです。

なんだっけ、マンティコア？　確かそんな空想の化け物がいたからきっとそれだろう。

力強い四肢で森の中を駆け回りつつ、人の顔から出るものとは思えない叫び声をあげて威嚇してきた。まあまあキモいというのが正直な感想だ。

「最高だぜエイミーの姉ちゃん！　よし、行くぞクーデル！」

「私が右、貴方《あなた》が左よ、メアリ。呼吸を合わせて……、そこ！」

異世界人《よそもの》の僕と違って地元民の若者二人は人の顔だろうがなんだろうが魔獣は魔獣という認識らしく、ほんの僅かな隙を見せただけの人頭獅子に肉薄し、その腹に左右から深々と刃物を突き込んだ。

絶叫しながら暴れる魔獣の周りを軽快なステップで挑発するように跳び回る二人。

自分を傷つけた生意気な小さな生物に復讐《ふくしゅう》を誓って叫びをあげ続ける人頭獅子だったけど、その叫びが突然悲痛なものに変わる。

原因は、メアリとクーデルに気を取られた隙に高く跳躍したエイミーちゃんが、落下の勢いを借りて振り下ろした凶悪な踵《かかと》。

身体を守るためじゃなく攻撃力を上げるために着けているプロテクターが魔獣の脳天に突き刺さり、何かがひしゃげる嫌な音が響くとともにゆっくりと横倒しになる人頭獅子。

決まり手、妻のフライング踵落とし。

ピクピクと痙攣《けいれん》する魔獣に対して、ダメ押しとばかりにメアリがその首筋を切り裂いた。

「素晴らしい。いつの間にそんなに息が合うようになった？　いや、メアリとクーデルの連携が素晴らしいことは知っていたが、そこにエイミーを組み込むとは。脅威度Bの魔獣だというのに全く危なげがなかった」

いやー、大型とは言わないまでも、そこそこサイズのある相手だったからゴリ丸を呼ぼうかと思ったらその暇もなかった。

三人とも汗一つかいてないから見た目以上に楽勝だったんだろう。

僕の称賛に対してメアリが刃物の血を拭いながら肩をすくめる。

「俺らは二人の護衛兼従者だからな。何かあった時のために兄貴や姉ちゃんとは連携できてた方が安全だろ？　本当は兄貴にも付き合ってもらいたかったんだけど最近書類仕事に忙殺されてるからな。エイミーの姉ちゃんにだけ訓練に付き合ってもらってたんだ」

護衛対象との連携を考えた結果、戦闘に組み込もうとするのはうちの家来衆くらいだろう。普通逃すとか、大人しくしてもらうよう指示するとかだと思うが流石はヘッセリンククオリティ。

「実は最近マハダビキアの美味《おい》しい食事をいただきすぎて体重が増えてしまって……身体を動かし

たいと思っていたところに二人から訓練に誘われたので」

体重が増えてるということはお腹《なか》いっぱい食べられてるってことだな。実によろしい。

「奥様はもっと肉付きが良くてもいいと思いますよ？　そうですよね伯爵様」

そのとおりだクーデル。エイミーちゃんはスレンダー美人だけどもう少し肉が付いていても可愛いと思います。

「僕はどんなエイミーでも愛する自信があるからね。体重など気にする必要はないぞ」

「素敵。流石は愛のない結婚などしないと公衆の面前で宣言した愛の伝道師《ラブエヴァンジェリスト》ね」

またおかしな称号を獲得してしまったようだ。ほら、メアリがものすごく嫌そうな顔してるじゃないか。

そうイライラするなよ。楽しくいこうぜ兄弟。

「ただの惚気《のろけ》にうっとりしてんじゃねえよ。兄貴もよくもまあ恥ずかしげもなくそんなこと言えるもんだわ」

「事実を述べることは恥ずかしくなんてないさ。ああ、もちろんメアリやクーデルも可愛いと思っている。目に入れても痛くないくらいだ」

「うるせえよアホ伯爵」

「照れてるメアリ、可愛い。ああ！　メアリを他の誰にも渡したくないのに、伯爵様とメアリのやりとりを見ていると胸が熱くなるのはなぜ？　ダメよクーデル。貴女《あなた》がしっかりしなきゃ、メアリが道ならぬ道に」

いやあ、清々《すがすが》しいほど残念な美形だよクーデルったら。それがこの子のいいところでもあるが、メアリは終始苦い顔だ。

しかし美形といえば我が家には美形が多いこと。クーデルはもちろんアリス、イリナ、ユミカ、そしてメアリ。そしてなんと言っても僕のプリティワイフ、エイミーちゃん。

傍《はた》から見れば僕はハーレム野郎のように映るかもしれないが、そんな事実はない。

クーデルはメアリ一筋。アリスはオドルスキと婚約済み。ユミカは天使。メアリは男。

イリナはわからないけど、手を出すつもりなど一切ないため、結果的に僕がハーレム野郎ではないという証明ができるわけだ。

まあ、エイミーちゃん一筋な態度を見れば一目瞭然だとは思うけどね。

「俺の周りにまともな奴はいねえのかね。最近はオド兄とアリス姉さんも微妙にイチャついてるしよお。身体が痒《かゆ》くて仕方ねえわ」

「まあ、あの二人は許してやれ。長年お互いを想い合ってようやく結ばれたのだからな。多少度が過ぎるくらいなら僕も大目に見るつもりだ。なにより、あの二人が幸せそうなお陰でユミカの可愛いさが天井知らず。ありがたいことだ」

あの二人で物語が一本できそうだな。

片想い×片想い＝両想い。歳《とし》の差。騎士とメイド。可愛い義理の娘。ヘタレ男としっかり者の女。

美女と野獣。

なんとまあ属性モリモリなこと。

「元から天使だとは思っていましたが、最近は一段と笑顔に磨きがかかっていますものね。抱きしめたい！　でもアリスさんのことを考えると遠慮してしまって……」

「何を遠慮することがある？　アリスが母なら僕らは兄と姉じゃないか。家族なんだからユミカを愛《め》でることに障害など存在しない」

ヘッセリンクは皆家族。そしてユミカはみんなの娘であり、妹だ。独占する者はレックス・ヘッセリンクの名において厳罰に処す。

「気が済んだら進むぜ？　仕事が一段落して久々に魔獣討伐《ピクニック》に行きたいって言い出したのは兄貴だろ。このまんまじゃあんまり深いとこまで着かねえぞ」

「ピクニックなんだからゆっくりでいいんだよメアリ。お前も訓練訓練で疲れているだろう。たまには休むことも覚えた方がいい」

僕もまあまあ休んでないけど、メアリもエスパールから帰って以降全く休んでいないと両執事から報告があった。

毎日毎日オドルスキ、ジャンジャック、フィルミーを捕まえてはそれぞれの持つ技術を吸収しようと訓練に明け暮れているらしい。

いけませんね、若いうちから仕事漬けなんて。我が家はホワイト企業だ。十代の美少年を働き詰めにするなんてモットーに反する。

と、いうことで僕の休暇にかこつけて連れ出した次第です。

「兄貴が外に出ない限りは毎日休みみたいなもんだからな。オド兄や爺さんについて森に出ては、人外までの道のりの遠さに毎日打ちのめされてるよ。知ってるか？　フィルミーの兄ちゃんもオド兄達とは違う方向の化け物なんだぜ？　知らねえことを知れてるんだ。毎日楽しくて仕方ねえよ」

「その三人に追い付けたとなれば、それこそゲルマニス公の護衛、ダイファンと同じ世界に住む化け物になれたということだろうな。お前はまだ若いし、僕が衰えてヨボヨボになるまでにはまだ時間がかかる。焦る必要はないさ」


そんな会話を交わした日を含め、十貴院会議から帰ってきてからというもの特段の事件が起きることもなく通常業務をこなす日々が続き、レックス・ヘッセリンクに転生してから一番穏やかに過ごしていた。

この日も穏やかながら、家来衆が討伐した魔獣の報告書と格闘していると、珍しく我が家の常識人組の一人、斥候のフィルミーが部屋を訪ねてくる。

「伯爵様、フィルミーでございます。入室してもよろしいでしょうか？」

彼は当主と家来衆の上下関係をアルテミトスで叩《たた》き込《こ》まれているからか、必要以上に僕に近づこうとしない。

そんな彼がわざわざ訪ねてきたってことは、何かあったか。いや、ただ遊びに来てくれるだけでも歓迎するけど。

「ああ、入れ。いつも言っているが執務室に入るのにノックも入室伺いも不要だ」

みんな結構自由に出入りしてるからな。メアリなんか食べ物片手にふらっと入ってきてなんならソファで寝るぞ。

「癖のようなものですのでお気になさらず。それはそれとしてご報告がございます。私個人としてはよろしくない報告ですが、もしかすると伯爵様にとっては朗報となるかもしれません」

いい話と悪い話があるんじゃなくて、フィルミーにとっては悪い話なのに僕にとってはいい話なのね。

「詳しく聞こうか。わざわざお前が僕に報告に来るくらいだ。下手《へた》な魔獣が出た程度ではないだろう。脅威度Sでも出てきたか？」

「流石にそれなら伯爵様にとっても朗報にはなり得ないと思うのですが……」

世間様も家来衆も僕のことを狂戦士《バーサーカー》かなにかと勘違いしてる節があるのでそう言ってみたけど、フィルミーのなかではそうでもないらしい。脅威度Sは言いすぎたか。

「確かにな。僕もまだその脅威度とは相対していない。もし出てくるのであれば総力戦を挑まざるを得ないのだろうなあ。すまない、話の腰を折った。報告してくれ」

「はっ！　本日早朝の警邏《けいら》中、森の浅層と中層の境でこれまで見られなかった痕跡を発見しました」

「見られなかった痕跡か。続けろ」

「恐らく……いえ、私の経験上十中八九人が野営をした跡でした。上手く隠していましたが、なんと言いいますか上手く隠しすぎて違和感があったためジャンジャック殿に確認を依頼したところ、その場所に魔力の残滓《ざんし》があることを確認済みです」

ええ……？　それは予想外だな。

我が領地ながら、キャンプするにはこの世でトップクラスに不適切な場所だと思うよ。

人がいた痕跡を見つけただけでもお手柄なのに、ちゃんと裏付けまで取ったうえで報告に来てくれるなんて仕事ができる男だこと。昇給しよう。

「なるほど。メアリがお前を化け物と呼ぶわけだ。上手く隠したはずが逆に違和感を際立たせることがあるとは、勉強になるな。いや、よく見つけてくれた」

「メアリは私のことを買《か》い被《かぶ》りすぎです。彼らに比べれば私などただの人間に過ぎません」

ご謙遜を。よく考えたらまだ三十代半ばだろ？　それで侯爵家の一部隊の隊長を務めてたんだよなあ。

「ただの人間は自ら魔獣の森の警邏などしないものだ。最近はオドルスキとジャンジャックに鍛えられてるみたいじゃないか。イリナが心配していたぞ？　日毎《ひごと》に生傷が増えていると」

僕から見ても怪我しすぎじゃないかと思う時がある。そういう時は大体ジャンジャックに扱《しご》かれた後だ。メアリの時もそうだったみたいだけど、元々国軍で高い地位まで出世したジャンジャックは見込みのある若者を徹底的に扱いて鍛える癖があるらしい。

今でもジャンジャックに睨《にら》まれると固まってるからなメアリは。

他家で斥候隊長を務めてた人材に鍛えてくれと請われれば喜んで鍛えるだろう。行きすぎた指導があれば僕から注意する気でいるけど、本人達が望むなら気の済むまでやってもらおうと思う。

「この歳になっても伸び代があることに気付いては楽しくてやめられません。それに、戦闘要員が屋敷を空けた時に最低限戦える力が必要でしょう。私は自分がそれを担いたいと思っています」

フィルミーは今のところ戦闘員と非戦闘員の中間みたいな存在だ。

もし脅威度Sの魔獣が出たりしたら僕を含めた戦闘員は出撃するだろう。

その時にフィルミーが屋敷と非戦闘員を守ってくれるなら心強くはあるけどね。

「無理はするな。なにか必要なことがあれば遠慮せずに言え。せっかく勇気を振り絞ってアルテミトスから引き抜いたのに早々に死なれては困るからな」

「ありがとうございます。ユミカには毎日出発前に【命大事に】と唱えるよう言い聞かされてます。これが意外と効果があるのですよ。それに私の歳でやんちゃをすることはありません。無理無茶無謀は伯爵様の専売特許ですからね」

「言うじゃないか」

失礼しちゃうわ。確かに僕のイメージはそうかもしれないけど少なくとも僕がレックス・ヘッセリンクになってからはそこまでめちゃくちゃやってないつもりだ。

……いや、やってるか。

「失礼いたしました。報告を続けます。侵入者はジャンジャック殿が言うにはここ数日森に留《とど》まっていたようです。目的は不明ですが、この屋敷を狙っている可能性が捨てきれない以上警戒を強めるべきかと」

「侵入者の人物像は？」

「現段階では不明としか。ただ、あの痕跡の消し方を見れば相当の手練《てだ》れの可能性があるため、既にオドルスキ殿、メアリ、クーデルには警戒を強めてもらうよう伝達済みです」

メアリとクーデルに伝わってるならとりあえず問題はないか。オドルスキを中心に防衛してくれるだろう。

エイミーちゃんには僕から伝えておくとして、森で何日も野営なんてなかなか根性据わってる奴がいるもんだ。

きっと腕に覚えがあるんだろう。敵意がないならぜひうちに欲しい。

「なるほど、我が家を脅かす影と思えば悪い知らせだが、魔獣の森で野営をするような実力の持ち主を勧誘する機会だと捉えれば朗報ということだな？」

「仰るとおりです。まさか道に迷ってあの森で何日も野営ということもないでしょうが……。なんにせよ可能な限り早く接触できるよう警邏を行います」

「必ずオドルスキかジャンジャックを連れていけ。二人にはフィルミーの護衛を最優先に行うよう伝えておく」

フィルミーからの報告を受けた後、戦闘員には警戒を密にするよう指示して、非戦闘員には外出を控えるよう通達した。

まあ、外出と言っても屋敷の周りしか出歩く場所はないんだけどね。

特にユミカは一人で出歩かないように伝え、どうしても必要な場合にはメアリかクーデルに声をかけるよう念を押しておいた。

なんせ姿の見えない相手だ。気付かないうちに近くにいる可能性だってあり得る。

そんな警戒態勢を継続して数日。

フィルミーからお客さんの居場所をある程度まで絞れたと報告を受けた。

万が一にも逃げられることのないようオドルスキとメアリを動かしたいという意見を採用して、翌日朝から捕獲に動くよう指示する。

翌日、屋敷の外にいるのはフル装備のオドルスキ、メアリ、フィルミー。

に加えて、これまたフル装備の僕とエイミーちゃん。

知ってる？　僕のフル装備って、葡萄茶《えび》色の野暮ったいローブオンリーなんだって。

地味だわあ。いや、ギンギラギンの派手なものよりいいけどさ。

やる気満々の僕達を見て、メアリが眉間に皺《しわ》を寄せている。はっきり不機嫌ですと顔に書いてあるな。

「なんで侵入者がいるかもしれないってのに出歩くかねこの夫婦は……。なあ、あんたら貴族家当主とその奥様だって理解してる？」

おいおいそんなに怖い顔をするなよ兄弟。

こんな楽しそうなイベント、参加しない手はないだろう。屋敷の守りはジャンジャックとクーデルに任せてるし問題なし。

「いいではないか。この森で野営を楽しんでる変人の顔をぜひ拝みたいんだ」

「そうですねレックス様。きっと何かしら特殊な技能の持ち主に違いありません。ふふっ、一体どんな方なのでしょう。我が家に味方してくれればいいのですけど」

そうだねエイミーちゃん。一番の目的はスカウト。それを忘れちゃいけない。

相手はうちの色気もクソもない森でキャンプを楽しむ変態だ。普通なわけがないのでぜひ欲しいわけだ。

「メアリ、お館様と奥方様に無礼だろう。もう少し礼節を学ばなければいけないぞ。お館様、メアリが失礼をいたしました」

「いやいや。伯爵夫婦自ら不審者狩りとかやめろって言ってんの！　俺とオド兄とフィルミーの兄ちゃんで見つけてくるっつうのに何を偉いさんが出張ってきてんだよ。笑ってないでオド兄も止めろよな！」

メアリは意外と常識人だからな。

この場合正しいのは１００％メアリだ。反論の余地はない。

オドルスキもそれがわかってるので苦笑いを浮かべつつ、それでも僕を止めるようなことはしない。

「そこについては思うところがなくはないが、久々にお館様と森に出るのも悪くないと思ってな」

「オドルスキと森に出るのは久しぶりじゃないか？　聞いたところによると最近かなり調子がいいらしいな。やはり家庭を持った男は違うなあ」

「は、いえ、あの、そういう理由では」

「照れるな照れるな。綺麗《きれい》な嫁と可愛い娘に囲まれてやる気も出るだろう」

ダメな上司の仕業その一。新婚いじり。

あまり褒められたことじゃないけど、本当に三人が幸せそうだからほっこりするんだよね。

アリスとユミカのために、あまり深酒にも付き合わせないようにして早めに帰らせてるし、もうすぐオドルスキの家も完成する。

人手不足の解消が叶《かな》えばオドルスキが家族に使える時間も増えるだろうから、頑張って侵入者をスカウトしよう。

「なんでほのぼのしてんだよ。なあ、フィルミーの兄ちゃんもなんとか言ってくれよ……頼むぜ我が家の常識担当」

フィルミーは確かに我が家の家来衆のなかで見ればハメスロットと並ぶ常識人だ。

だけど、それはあくまでも我が家の家来衆と比べたらということを忘れてはいけない。

メアリよ、そいつはアルテミトス侯爵家からわざわざうちに転籍してきた、まあまあの変人だぞ？

「私に何を言えと？　雇い主夫妻が完全装備で準備されてるのを見ては止められるわけがないだろう。私にできるのは精々速やかに侵入者の痕跡を見つけることくらいさ」

諦めの境地。我が家に勤めるのに必要な素質だ。

いいぞフィルミー。だいぶ馴染《なじ》んできたな。

「我が家の家来衆としてはごく常識的な反応だけど、常識を発揮してほしいのはその部分じゃねえ！　なんでうちの兄さん達は兄貴が絡むと判断能力が鈍るんだろうな」

「メアリよ、それが男に惚《ほ》れるということだ」

オドルスキが噛《か》み締《し》めるように発言したが、誤解を招くからやめなさい。

メアリが呆《あき》れて顔覆ってるじゃないか。

呆れというか諦めかな。

「うるせえわ。はあ……しゃあねえ。頼むから前に出ないでくれよ？　そのくらいの分別はつくよな？」

やっぱり諦めだったか。そんなメアリを見て、フィルミーが笑う。

「なんだかんだでメアリも伯爵様に甘い。しかし、彼の言うことはもっともです。基本的にはオドルスキ殿とメアリに任せるということでよろしいですね？」

「わかったわかった。そもそも相手が人なら僕に出番はないからな。無茶はしない。エイミー、すまないが今日は僕の護衛を頼む」

今日の僕の護衛はエイミーちゃんということで既に話はついている。

愛妻を護衛に付けるのはどうなのかと思わなくもないけど、今日の面子で適材適所を考慮するとこうせざるを得ない。

当のエイミーちゃんは胸の前で握り拳を作ってやる気満々だ。

「ええ、レックス様は私が守ります。メアリはオドルスキと張り切って魔獣を狩りなさい。フィルミーはお客様の痕跡を見つけるのに集中すること」

僕に可愛い笑顔を向けたと思ったら凛々《りり》しい表情で家来衆に指示を飛ばしている。

ギャップに惚れ直していると、エイミーちゃんの指示にフィルミーが即応した。

「オドルスキ殿が前衛、私が殿《しんがり》、メアリは遊撃だ。目的は侵入者の発見、確保。確保については可能であれば生かしたまま、敵対するようであればその限りではない。捜索対象は浅層と中層の境を中心にする。以上、質問は？」

侯爵家で隊長職に就いていただけあって指示が的確で、オドルスキのような目上の家来衆にも物怖《もの》《お》じしない。よっぽどの緊急事態以外ならフィルミーに現場指揮を任せてもいいかもしれないな。

「承知した」

「今日の指揮官はフィルミーの兄ちゃんね。さ、お仕事しましょうか」

ピクニックがてらの侵入者捜索は、あっという間にクライマックスを迎えた。

捜索範囲限界の森の中層よりもだいぶ手前。

まだ浅層の半ばと呼んでいいエリアで見つけたのは、丸焦げになった地面と複数の小型の魔獣の焼死体だった。

見事に炭化してるな。

「これはこれは。お客さんったら、まあまあやんちゃしてるじゃないの」

まだ熱が残っているところを見るとそんなに時間が経《た》っているわけじゃなさそうだけど、オドルスキとエイミーちゃんが眉を寄せて首を傾げている。

「ふうむ。この焦げ方は火魔法か？　それにしては違和感があるが……奥様」

火魔法使いでもあるエイミーちゃんが、オドルスキの呼びかけに応じて焦げた地面に手を当てる。

「火魔法の魔力残滓があることは間違いありません。間違いないのですが、この荒れ具合に見合う量かと言われると、とても足りませんね。この残滓の量ではほんの少し草木を燃やす程度の威力しか出ないはずです」

こんなに派手な跡は残らないってこと？　地面が焼けた範囲はそこまで広くないとはいえ丸焦げだし、魔獣に至っては正体が分からないくらい黒焦げだ。

エイミーちゃん曰く、少ない魔力でも上手く圧縮する技術があれば威力の嵩増《かさ》しは可能らしいけど、今回の場合は威力とその残滓が釣り合わなすぎて違和感があるんだとか。魔法使い系統だけど召喚士な僕にはさっぱりわからない世界だ。

「なんらかの術で隠蔽しているのか、はたまた我々の知らない技術を保有しているのか。これは面白くなってきたじゃないか」

「普通なら脅威を感じるところだと思うんだけどね。あ、悪い。よく考えたら普通じゃなかったわうちの大将」

本当に口が悪いことで。僕は見た目美少女の美少年に罵倒されて喜ぶ趣味はないので帰宅次第メアリのボーナス査定を下方修正するとしよう。

可愛い弟分の査定も平等にこなす。これこそまさにホワイト企業。

え？　悪口言われて査定するのはパワハラ？　そこはほら、僕貴族だし。

「我々の尺度では測りきれない。それがレックス・ヘッセリンクだ。そして、相手が未知であればあるほど喜びで胸が打ち震えるのが男というものだ」

「オド兄の尺度も常人のそれじゃないこと理解してくれよな。わかりやすい相手を始末する方が楽でいいだろうよ。なあ、フィルミーの兄ちゃん」

オドルスキは最近父親の面が目立つとは言っても中身はＴＨＥ武人だからな。

そんなのと一緒にされたくないというメアリの気持ちはわからないでもない。

実際、メアリの問いかけを受けたフィルミーは深く、それはもう深く頷《うなず》いている。

「この場合はメアリの言うことが正しいだろうね。オドルスキ殿の理論はごく少数の限られた強者達のものですよ」

二人に苦笑いで返されたオドルスキは心外そうに肩をすくめた。

「そんなことはない。フィルミーもメアリも、今のまま精進していればいずれそのごく少数の限られた者達の領域に足を踏み入れることになる。ジャンジャック様とともに楽しみに待っているぞ」

これは意外だ。メアリはともかくフィルミーも自分達の域に辿《たど》り着《つ》けると確信しているのか。

確かにメアリもフィルミーのことを化け物《バケモン》だと表現していたけど、それでも腕力で比べれば斥候職であるフィルミーは戦闘要員である彼らの足元にも及ばない。本人もそれは自覚しているようで、さっきは縦に振った首を今度は横に振ってみせた。

「メアリはともかく、私はそこに到達するまでに寿命がきてしまいますね」

「腕力だけが強者の証《あかし》ではあるまい。知っているぞフィルミー。ジャンジャック様に剣だけではなく土魔法の修業も願い出たそうじゃないか。喜んでいらっしゃったぞ？　鍛え甲斐《がい》のある内弟子が来たとな」

えー。まじで？　知らなかった。

剣術を師事してることは聞いてたけど魔法も習ってるなんてやる気だなフィルミー。

だから最近さらに怪我が増えてるのか。無理はするなよ、ジャンジャックは手加減知らないから。

「まじかよ！　抜け駆けはずりいぞフィルミーの兄ちゃん！」

「悪い悪い。だが、私はこと戦闘面においては一般人と変わらないからな。有事の際に役に立つには魔法を覚えるのもいいのではないかと思ってジャンジャック殿に相談したら、その日のうちに土魔法の修業が始まってしまったんだ」

鏖殺将軍なんていうやばい二つ名持ちへの弟子入りも、メアリには抜け駆けと映るらしい。土魔法は人気がないらしいから、ジャンジャックも降って湧いた弟子入り志願者を逃してはならんと思ったんだろう。

実際に大規模な土魔法の行使を目の当たりにした僕からしたら、あんなに有用な魔法もないと思うんだけど。

「それはレックス様がジャンジャックを基準に考えていらっしゃるからです。普通の土魔法は堅実さはあれど派手さと威力には欠けるので、余程の適性がない限りどうしても若い世代の魔法使いが修得を避ける傾向にありますから……」

エイミーちゃんは一番人気の火魔法使いだからね。適性もあったから他の属性は眼中になかったらしい。

「私もこの目でジャンジャック殿の土魔法を見ていますからね。これしかないと密《ひそ》かに思っていました。運のいいことに土魔法の素養はあると言っていただきましたので日々新しい刺激を受けています」

「刺激ねえ。あんま無理すんなよ？　あの爺さん、まじで手加減しねえから。俺はヘッセリンクに雇われてから、訓練中に何度あの世に行きかけたか覚えてねえよ」

刺激が比喩じゃないのが笑えないんだよ。

頼むから身体は大事にしてくれ。

遠い目をする弟分とは対照的にワッハッハと笑い声を上げる聖騎士さん。二人してメアリを扱きに扱いたらしいからな。

あれ、意外と丈夫だな、もう少し厳しくしてもいけんじゃね？　ってノリで鍛えたんだとか。鬼なの？

「気を失うたびに水を掛けて無理矢理覚醒させていたのが懐かしくもあるな。そう考えればメアリも大きくなったものだ」

優しい笑顔でメアリの頭を撫でるオドルスキの父親化が止まらない。最近鉄壁の表情筋が軟化しすぎて怖いとマハダビキアが言ってた。

うん、わかる気がする。

本当は優しいけど不器用すぎて死んでた表情筋が、息を吹き返したかのように上がったり下がったりしてるからな。

メアリは鬱陶しそうにその手を払《はら》い除《の》けてるけど。まあ、優しいのは表情だけで言ってることとんでもないから仕方ないね。

「伯爵様、おそらく目標はそう遠くない場所にいます。目標は本当に足跡を隠すのが上手い。上手すぎて隠蔽の跡が周りからほんの僅かに浮いている。これは最初に発見した野営の痕跡と同じ現象ですね。侵入者の犯人像を絞るのは危険ですが、恐らく腕は立つが実践経験の浅い人物だと思われます」

有能系常識人枠フィルミーが隠蔽されたであろう地面を蹴り上げると、踏みしめられた跡が現れた。一瞬前までは確かにそこには何もなかったのにだ。すごいぞフィルミー。

しかし、腕は立つけど経験が浅いか。

「なるほど。若者でも腕があれば勧誘対象ではあるから問題はないのだが、そうか。できれば相応に経験のあるものならより好ましかったな」

「そもそも侵入者がうちに好意的かどうかもわかんねえから。わざわざ無断で入ってきてる時点で敵対勢力だと思うけどね」

取らぬ狸《たぬき》の皮算用とはこのことか。確かに敵対勢力の可能性の方が高いんだけど、それでも有能な人材なら欲しいじゃない。

「捕まえてみればわかるさ。そもそもメアリだって敵対勢力に属していただろう。幸い、お前とはすぐにわかり合えたわけだが」

「わかり合えた、ね。あんな熱烈な歓迎《肉体的指導》を受ければ、ほとんどの奴らは叛意《はんい》するんじゃね？」

人聞きの悪い。可愛がりが過ぎたのはジャンジャックとオドルスキであって、少なくともその時の僕は心から歓迎していたはずだ。

「そういう意味ではフィルミーの兄ちゃんも目の前で厳《いか》つい暴力を見せられた口だもんな」

ああ、ジャンジャックの土魔法と僕のゴリ丸とドラゾンの二枚召喚か。

やりすぎた感はあるけど後悔はしてない。

あの戦いはエイミーちゃんとの結婚を懸けた絶対に負けられない戦いだったからな。

「他人事《ひとごと》みたいに語ってるが、私はお前に一番の脅威を感じてたからなメアリ。気付かないうちに首筋に刃物を当てられてみろ。今でも思い出して心臓がキュッとなる」

フィルミーがメアリの髪をわしゃわしゃと撫で繰り回しながら恨み言を囁《ささや》く。確かにあの時フィルミーを抑えてたのはメアリだったな。暗殺者のプレッシャーはさぞ心臓に悪かったことだろう。

「あー、もういちいち撫でんな。仕方ねえだろ。あの場で一番の危険人物はフィルミー斥候隊長殿だったんだからさ。俺も爺さんも認識は一致してたぜ？　兄貴だけは絶対勧誘する気満々だったみたいだけどな」

フィルミーは絶対欲しいと思ってたからな。どんな手を使ってもオーレナングに連れて帰ろうと心に決めてましたよ。

「お館様の人材を見抜く目は当代随一だ。メアリ、フィルミー、ハメスロット殿、クーデル、アデル殿、ビーダー殿。そして何より奥様。素晴らしい」

でしょ？　僕もそう思った。

スカウト能力◎の隠しステータスでも持ってるのかもしれないな。

【残念ですがございません】

久しぶりだねコマンド。そうか、ないのか残念。それでも、たまたまにしてはいい塩梅《あんばい》で人が集まってきたと評価できるのではないだろうか。

「確かに最近は狙ったように欲しいとこを補強してる感はあるな。次は何だっけ？　文官探してんだよな。難航してんだろ？　他家の文官引っこ抜くわけにはいかねえから」

「まあ探し始めてすぐに見つかるとは思っていないさ。メアリの言うとおり出来上がった文官はどこの家も手放さないだろうから、学院の卒業生を一から育ててもいいと思っている。ハメスロットに付いて学べばそうおかしなことにはならないだろう」

謙遜してたけどハメスロットの文官としての能力に過不足はない。経験がない若者でもあの実直な執事さんに任せれば十分に家の裏方を任せられる人材が出来上がるのではないかと見ている。

なので、ある程度探して目ぼしい人材が見つからないようなら母校でのリクルートに力を注ぐつもりだ。

「ハメス爺が師匠ならおかしなことにならないどころかＴＨＥ堅物が出来上がるんじゃね？　まあ、最近はこっそりユミカを餌付けしてるとこ見かけるからそこまで四角四面じゃねえみてえだけどさ……って何つう顔してんだよエイミーの姉ちゃん。魔獣みたいな顔してんぞ？」

うん、僕も見たよ。妻の鬼のような形相を。初めて見たけど正直ちびりそうでした。

エイミーちゃんはメアリの指摘にハッとして、パタパタと誤魔化《ごまか》すように手を振る。

「いえ、ごめんなさい。え、私にはそんなことしてくれたことないわよね？　という驚きと、私に黙って天使にお菓子をあげて点数稼ぎをするなんてどういうことかしら？　という憤りとがない交ぜになって顔に出てしまったみたい」

エイミーちゃんには厳しかったらしいからなハメスロット。気持ちはわからなくもないが、ユミカを餌付けしていたことに対する怒りも入ってるのか。

すっかりうちに染まったな妻よ。なんだか少しほっこりした気持ちになっていたらフィルミーがハンドサインで止まるよう指示を出す。

「メアリ」

全員が止まるのを確認すると、目線を美少年暗殺者に向け、名前を短く呼びながら前方を指差す。

そこは何の変哲もない森の一部。

目を凝らしても特に何も見えないけど、指名されたメアリにはわかったらしく、目を眇《すが》めて一点を見つめた後、ゆっくり首を振る。

「まじか。よくあんなの見つけたな。なるほど、綺麗に周りに溶け込みすぎてるってのはああいうことね。これは、ぜひ生きたまま捕まえてどうやってんのか教えてもらおうじゃないの」

フィルミーに呆れたような目を向けたものの、すぐに獰猛《どうもう》な暗殺者の顔に変わり、舌なめずりをしてみせる。男らしくなってまあ。

「気をつけろよ。何を隠し持ってるかわからないからな」

「こちとらヘッセリンクの家来衆になった時に油断も慢心も捨てたんでね。お陰で可愛げもなくなっちまったわ」

「そんなことはない。今もメアリは可愛いぞ？」

僕の言葉にエイミーちゃんとオドルスキがそうだそうだと頷いてくれる。可愛いか可愛くないかで言えば１００％可愛い。

これは世界の真理だ。笑顔でサムズアップしてみせたがすっごい眉間に皺寄せて睨まれたよ。

「うるせえ、黙ってろ」

そして飛び出す罵詈雑言《ばりぞうごん》。なかなかの衝撃ですね。

メアリはショックを受けてる僕を振り返りもせず侵入者がいるであろう場所に駆け出した。

「エイミー、弟が反抗期のようだ。どうしたらいいと思う？　十貴院で吊《つる》し上《あ》げられた時よりもよほど心にクるんだが」

エイミーちゃんにそんな愚痴をこぼしている間に、メアリが目標らしい場所に辿り着く。

メアリのいいところは余計なことをしないことだ。先ほど自分で口にしたとおり、油断しないし慢心もしない。だから仕事の場では指示されたことを言葉どおり過不足なくこなす。迷いも、惑いもしなければ手加減もしない。

この時も、侵入者が隠れているらしい何もない空間を、いつもの刃物で躊躇《ためら》いなく大きく横一文字に薙《な》いだ。

こちらからは見えないけど、当然隠れている側からは刃物が襲ってくるのが見えるのだろう。

何もなかったはずの空間から命からがらといった風に転がり出てきたのは細身の男。侵入者と思《おぼ》しきその人物は、メアリが何か言う前に澱《よど》みのない動きで土下座スタイルに移行した。

「メアリ、何か怪しい動きを取ったら斬れ。僕が許す」

あまりにも躊躇いのない命乞いに虚を衝《つ》かれたけど、未知の技術を持っていることを思い出したので拘束指示を出しておく。

貴族らしく、冷酷さを演出してみた。

上手くできたかな？　土下座したまま侵入者の震えが激しくなったようなので、どうやら血も涙もない貴族様ムーブは成功したらしい。

「あいよ。……この森を領有するレックス・ヘッセリンク伯爵自らの処刑許可だ。少しでも動いたら、本気で殺《や》るぜ？」

メアリが鈍く光る刃物を侵入者の視界に入れると震えが止まった。動くなと言われたからだろうけど、息はしていいんだよ？

「レックス・ヘッセリンク……伯爵様ご本人ですか？　なぜこんな場所に」

「なぜこんな場所にって、そりゃこっちの台詞《せりふ》だっての。いいか、質問されることに順に答えろ。一つ、お前は誰だ？　二つ、所属は？　三つ、何の目的でこんなクソッタレな森でこそこそしてやがる？　四つ、存在の隠蔽方法はどんな技術だ？　お前以外にも応用できるのか？　どうなんだ？」

おいおい、さらっと自分の知識欲を満たそうとするな。どっちかっていうと最後のやつはオマケだから。

あと、クソッタレな森とか言うな。僕の唯一の領地だぞ。

「じ、自分はエリクスと申しまして、春まで、王立学院に所属していたのですが、その、どの貴族様にも自分の専門分野を活《い》かす場所がないと言われて最後まで仕官が叶わず」

若いとは思ったけど新卒なのか。分厚いメガネに癖のついた短いくすんだ金髪。

うん、研究の虫って言われたら納得できる風貌だな。

「……続けろ」

立派な審問官だねメアリ。強気な美少年に押さえつけられる気弱で野暮ったい青年。

とてもじゃないが、一部需要がありそうなこの画《え》はクーデルには見せられない。確実にトリップしちゃうから。

「そ、それでですね。やはり仕官するには具体的な成果が必要だと。しかし、自分の専門分野の成果物を形にするには魔獣の素材が不可欠なのですが、素材は非常に高価で仕官浪人の自分では手が出ず。ならば自分で採りに行けばいいと。このレプミアで魔獣といえばと考えた時、オーレナングの森が浮かんだのです」

「それで何の申告もせずに、存在を隠蔽しながら侵入してコソコソ魔獣狩りしてたってか？　命が惜しくねえのかよ」

「その、浅い層に現れる魔獣くらいならなんとかなると思って。だけど、出遭う魔獣出遭う魔獣、歯が立たず」

王立学院の卒業生なのに、少し考えればわかりそうなことに思い至らなかったのだろうか。いや、仕官浪人しちゃったことで焦ってそこまで頭が回らなかったのかもしれないな。

存在を隠蔽するための術なんかを見る限りではすごく有能そうなんだけど、フィルミーの予想どおり経験の浅さが出ちゃったわけだ。

「身を守るために持参した道具も今朝複数の魔獣に囲まれた際に使い切ってしまいました」

「ああ、あの焦げ跡のやつか。あれ、すげえよな。完全に炭化しててやばかったわ」

「は、はい！　自分の研究成果です。自信があったのですが、燃費が悪すぎるとどこにも受け入れてもらえず……。そんなこんなで進むことも退《ひ》くこともできず、最後に残ったなけなしの道具を使って魔獣から身を隠していたのです」

なんで焼け跡だけ隠してないのかと思ったらそれを可能にする道具が足りなかったからだったと。

彼の言うことを全部信じるなら、就職先がなくてにっちもさっちもいかなくなった研究バカが思い余っておかしな行動に出ちゃっただけ。敵でもなければ味方でもなく、魔獣が巣食う森で遭難した若者。

んー、整理しよう。

経験は浅いけど高い技術力を持ってる。人もまあ悪くはなさそう。無所属。若いから長期就労が見込める。

特記事項としては、魔獣の素材を欲している。うん、うちなら賄える可能性あり。

欲しかった人材とは違うけど、この子はこの子でありじゃない？

「オド兄、フィルミーの兄ちゃん、どう思うよ？」

メアリはまだ疑いの目を向けてるけど、年長者に判断を委ねることにしたようだ。

「ふむ……私には嘘《うそ》はついていないように見えるが」

オドルスキは白。最近優しくなってるとはいっても基本我が家に仇為《あだな》す者に対しては鬼より厳しい彼だ。そのオドルスキの判断は信用できるだろう。

一方のフィルミー。

「オドルスキ殿の言うとおりだと思うよ」

肩をすくめるメアリとホッと息を吐くエリクス。

が、侵入者であることに変わりはない若者に釘《くぎ》を刺すのも忘れない優秀な斥候さん。

「安心するのはまだ早いよ。エリクスと言ったな？　あくまでも今のところは、だ。今メアリが尋ねた項目については嘘はないというだけ。その他にも聞かねばならないことはある。伯爵様、屋敷に連れ帰りますがよろしいですね？」

続いたフィルミーの言葉にエリクスが再び怯《おび》えた表情を浮かべたが、まあ、多分だけどこの子を突《つっ》いても何も出てこないと思う。

フィルミーもそう考えてるんだろうけどここで無罪放免とはいかないし、命の危険があるからには放置もできない。

釘を刺したと見せかけてのある意味の優しさだ。

「連れていっていただけるんですか？　あ、ありがとうございます！　ありがとうございます！　もう、ここで魔獣の餌になるんだと思って、心細くて」

どうやらフィルミーの真意が伝わったらしい。涙と鼻水を流しながら頭を地面に擦《こす》り付けた。

「はあ、皆さんお優しいこって。おら、立てよ。脅して悪かったな。これも仕事なんだ。悪く思うなよ」

これじゃ俺だけ悪役じゃねえかとこぼしながら刃物をしまうメアリはあとで褒めておこう。


というわけで。はーい、就職試験始めますよー。

こちらは僕とハメスロット、そして護衛としてメアリとクーデルが控えている。

距離を空けて置かれた椅子にはエリクスがガッチガチに緊張して座っていた。リラックスしていいんだよ？

「それじゃあ改めて自己紹介をしてもらおうかな。名前、出身のあとに専門分野について語ってくれ」

僕が声をかけるとあからさまにビクつくエリクス君。前世ならマイナスポイントだけどここは異世界。

さっきまで刃物を突きつけてたメアリもいるし、なんなら僕は大貴族の一人だ。

そんな状況下に緊張で額に脂汗を滲《にじ》ませながらも、エリクスがゆっくりと口を開いた。

「え、あ、はい。あの、伯爵様。その前に一つよろしいでしょうか？」

ハメスロットが眉を顰《ひそ》めるのがわかったけど、採用は買い手と売り手の相互理解が大事だ。その積極性は買おう。

「質問を許す」

「ありがとう、ございます。この場はなにを目的としたものなのでしょうか。不法侵入者への尋問という雰囲気ではありませんが、その、回答次第で重い罰を受けるなどという可能性は」

……そういえば、就職試験だって伝えてなかったな。そりゃ緊張もするか。

エリクスからすれば尋問の可能性もあるんだから。

「ハメスロット。答えてやれ」

突然の丸投げに、伝えてなかったのかよとでも言いたげな視線を向けてくるハメスロットだったけど、僕と視線が合わないことで察してくれたのか、一つため息をついて説明を始める。

「エリクス殿でしたな。初めてお目にかかる。私はハメスロット。ヘッセリンク伯爵家にて内の仕事を任されております。いわゆる普通の執事だと思っていただければ結構です」

普通の執事ね。わざわざ普通を強調したのは普通じゃない方の執事がいるからだろう。

「さて、この場を設けさせていただいた目的ですが、端的に言えば就職試験でしょうか」

「……就職、試験。え、それは、それではヘッセリンク伯爵家への就職が叶うのですか!?」

椅子から立ち上がるエリクス。その動きに反応して一歩踏み出したクーデルを制したメアリが、身振りで座れと指示を出した。

その意図を察して速攻で着席するエリクスはきっと勘もいいのだろう。

「試験と言ったはずです。王立学院を卒業したにもかかわらず、いずれの家にも仕官が叶わないばかりか、思い余って命の危険を顧みず、十分な準備もないままこの国で最も危険な場所に踏み込んで迷子になっていた若者。それが今の貴方の評価です」

「ぐ、ぐうの音も出ません……」

辛《から》い評価だけど致し方ない。そこからこの面接でどれだけ上積みできるかに期待しています。

「しかし、我が主《あるじ》は貴方の技術に光るものを感じています。このまま野に下らせるには惜しい人材だと、そう感じていらっしゃる。我々は貴方の話を聞き、その技術の有用性を確認させてもらい、我が家の発展に寄与する人材だと評価できれば、貴方を招き入れたいと考えています」

「本当ですか!?」

「ああ、本当だとも。もちろん、それを望まないというのであればこのまま帰ってもらっても構わん。面白い技術を見せてもらった褒美に路銀も出してやろう」

来る者は拒んだり拒まなかったりするけど、去る者は追わない。

着の身着のままで放り出して死なれても困るから、去る場合は僕のポケットマネーからいくらか出してやろうと思っていたけど、もげるんじゃないかという勢いで首を横に振ってくれた。

「帰りません！　ぜひ挑戦させてください！　お願いいたします！」

やる気と元気でプラス査定です。我が家は元気な挨拶ができる若手を求めています。

「よろしい。では改めて、自己紹介からお願いします」

「はい。自分はエリクスと申します。出身はラスブラン侯爵領の寒村です。両親は村で鍋やタライを作る職人をしております」

ラスブラン侯爵家？　ああ、僕の母方の爺さんの家だったな。こないだの十貴院会議どころか結婚式にも出てこなかったから、まだ直接会ったことないんだよな。

「幼い頃から父について職人になるべく修業をしていました。働くのは嫌いではありませんでしたし、父の手伝いをしていた影響で手先が器用になって、村の大人達には重宝されていたように思います」

田舎《いなか》育ちの働き者。いいね。見た目どおりの純朴な青年なのはポイント高いよ。

「ですが、いかんせんどこまで行っても寒村なもので、働けど働けど暮らしが豊かにならないのが現実でして……。自分はそれでも構いませんが、子供や孫の代まで苦労が続くのは忍びないと感じるようになりました」

幼い頃から働いてて、なおかつ寒村出身ってことは勉強に割く時間は限られていただろう。

それなのに王立学院に入ることを許されて、卒業までこぎつけたんだとしたら地頭の良さは相当だな。これは本当に掘り出し物か？

「今のままではだめだ、勉強して村を一から変えていかないと貧しいままだと考え、一念発起して父と村長に学校に通いたいと願い出ました。もちろん最初は金がかかる、そんなことより家の手伝いをしろと一蹴されたのですが、諦めずに頭を下げ続けたことで根負けしたのでしょう。最終的には受験を許可してくれました」

それでなぜ最高学府である王立学院を受験したのかというと、半端なとこに通うぐらいだったら一番上を受けてこい、ダメなら諦めて働けという大人達の意思表示だったそうだ。

寒村の立て直しを目論《もくろ》むくらいなら王立学院でトップを取るくらいでないといかんというのが言い分らしいけど、それも極端だな。

もしかしたら受かるわけないけど夢見がちな子供の目を覚まさせる意地の悪いやり方だったのかもしれない。

「私は勉強しました。朝から夕方までは働いて、夜は遅くまで村にある数少ない本に齧《かじ》り付《つ》きました。幸いだったのは、村に国都で貴族に仕えていた爺さんが住んでいたことです。歴史や最低限の算術、読み書きを教えてもらうことができたので」

なんとこのエリクス。その最低限の勉強でその年の筆記試験最高点を叩き出したらしい。実技は振るわなかったみたいだけど、貴族の子弟を振り切った筆記の点数により特待生扱いをもぎ取ったエリクスは、この後ひたすらに村を豊かにするための研究に邁進《まいしん》したという。

「そして出会ったのが護呪符《ごじゅふ》でした」

「護呪符？」

【護呪符。魔獣の血と革を使用して作成する符と呼ばれる媒体を使用して、様々な効果を齎《もたら》す術のことです。自らの魔力のみを使用する魔法と違い、符に込められた魔獣の魔力を利用することで自分の魔力はごく少量で済むのが最大のメリットでしょう】

コマンド先生、お久しぶりです。

しかし、聞いただけでマニアックそうな術だね。魔獣の素材がザクザク手に入るような環境なら性能を最大限活かせるんだろうけど、そうじゃないなら今のエリクスみたいにっちもさっちもいかない状況になっちゃうよな。

【仰るとおり。正直申し上げて、普通ならこの分野を進んで学ぶメリットは極めて少ないでしょう。しかし、符を作るメリットがもう一つ。作成した本人だけでなく、他人にも利用が可能ということです。恐らくエリクスは魔力はあるものの魔法を使えるほどではない村人に符を渡して種々の作業を効率化させ、村の振興を目指そうとしたのではないでしょうか】

エリクスの語った護呪符の効果とその研究目的はコマンドの説明とほぼ一致した。

魔力はどんな人間にも存在するらしい。だけど一定量を保有していなければ魔法を発現することはできない。

だからこそ魔法使いは重宝され、よっぽどでなければ食いっぱぐれることもない。

そこにもってきて護呪符はどうだろう。

魔力の量が少なくても符の力である程度の魔法が使用可能になるということは、村人全員が魔法使いと言っても過言ではない状態が出来上がる。

農作業はもちろん様々な作業が飛躍的に効率化され、結果的に村の生活の安定に繋《つな》がっていくということだな。

国やそこそこの規模を持つ貴族が本気で取り組めば魔獣の素材くらいなんとかなりそうだけど、それでもここまで廃らせている理由は一つ。

民に無用な戦力を持たせたくないから。

護呪符が大量生産されたらまず間違いなく軍事利用されるだろうしなあ。真面目に考えたらかなり取り扱いの難しい代物だ。

「自分は！　自分は、この技術がこの世を悪い方向に導く可能性があることを理解しています。だからこそ、より安全に、軍事利用されないような護呪符の開発ができないかを模索してきたのです。実際、その方法にはある程度目鼻もついています」

まじか。本当に優秀なんだなこの天パ金髪くん。そうなると必要なのは……。

「あとは実証の場と、資金と材料か。貴族でもなければよっぽど後ろ盾でもいなければ辛《つら》かろう」

元々うちの森に来たのも金がなくて魔獣の素材を狩りに来たんだったか。

学院にいるうちはある程度の素材が支給されるだろうけど、卒業後は当然恩恵に与《あずか》ることはできない。

護呪符士？　として仕官するのか、護呪符研究家として後援者を見つけ出すのか、はたまた今回のエリクスのように自給自足を目指すのか。

いずれにしても困難がつきまとうだろう。

エリクスも当然その事実に気付いているので悔しそうに唇を噛みながら俯《うつむ》いたけど、すぐに顔を上げ、肩を震わせながら言葉を続けた。

「……仰るとおりです。元々光の当たる分野ではありませんし、有用性を認めてくださった数人の貴族家の御当主方もそれほどの資金は出せないと」

「そうだろうな。効果は魅力的だが費用対効果が悪すぎる。それに、費用面をなんとかできたとしても、派手に護呪符を量産すれば国に睨まれかねない」

護呪符の専門家を雇うのは、貴族にとってハイリスクローリターンな賭けでしかない。

いくら安全性を謳《うた》っても常に国の監視が向く環境を歓迎する貴族は極めて少ないだろう。

「やはり、そうですか……」

「それでもなお、護呪符の研究を進めるつもりか？　控え目に言って荊《いばら》の道だと思うが。お前は勉学でも結果を残しているのだろう？　文官として仕官して、その給金を仕送りしてやる方が建設的ではないかな？」

頭いいんだから潰しは利くだろう。王立学院の特待生なんて肩書きがあり、人も悪くなさそうなエリクスを欲しがる家が全くなかったはずがない。

「それでは我が家しか豊かになりません！　自分が目指しているのは、村に住むみんなの生活を楽にさせることなのです！」

それなのに未《いま》だに仕官先が決まらないのは護呪符については諦めさせようとして、彼が強く反発したからだろう。根っこにあるのは生まれ故郷を豊かにしたいという子供じみた夢で、悪いことに、彼はその夢を実現に近づけるための実力を持っている。

足りないのはあと一歩のなにかだ。

その一歩を前に夢を諦めろと諭せば反発したくなるのもわからなくはない。

大声を張り上げたエリクスにクーデルが再び反応しようとするのを手で制しておく。

まじで斬りかねんからなこいつは。

「あ……し、失礼しました！　現実の見えていない愚か者の戯言《たわごと》でございます。ご容赦ください」

「構わないさ。それで、これからどうする気だ？」

「自分は自分の夢を諦めることはできそうにないのです。ですから、この護呪符の研究を続けられる環境を探し続けます。そして、故郷で自分の成功を応援してくれているみんなを、絶対に豊かにしてみせます！」

我儘《わがまま》だなあ。でもそのくらいじゃないと新しいことはできないのかもね。

「ふむ。その意気やよし。ハメスロット」

横に座るハメスロットに視線を向けると、深々とため息をついた後にゆっくりと首肯してみせた。

「承知いたしました。護呪符という分野についてはジャンジャック殿にお任せするとしましょう。私は文官としての仕事を叩き込むことに注力いたします。それでよろしいですか？」

以心伝心って素晴らしいね。

エリクスが優秀なのは間違いない。護呪符の効果が素晴らしいのも間違いない。うちは文官が足りない。うちなら魔獣の素材くらい山ほど提供してあげられる。

win-winじゃない？

護呪符なんてものがなくても、既に各方面から睨まれてる我が家に死角はない。若くて経験がなくてやや頑固なとこはあるけど、それはほら、うちの家来衆で面倒《か》みれ《わ》ば《い》なんとかなるだろう。

「具体的な雇用条件についてはお前に任せる。王立学院への報告もしておくか。あとは……王太子殿下には一報入れておこう」

「御意」

王立学院には貴方のとこの生徒さんはうちに就職しましたよっていう連絡。

王太子については、これこれこういう人材を雇いましたけど、他意はないです王家大好き！　というアピールだ。

貴族って面倒だね。

「あーあ、始まったよ。見とけクーデル。これが俺達の雇い主様の悪癖だ」

人材発掘を悪癖とは心外な。優秀な人材は自領の豊かな発展のためには欠かせないピースだ。

クーデルもメアリの言葉に首を傾げているじゃないか。

「難しいことはわからないし、私はメアリとユミカ以外に興味はないけど、その技術がすごいことはなんとなくわかるわ。それが他の家に取られるくらいならヘッセリンク家で囲ってしまった方がいいと思う」

「そのとおりだクーデル。あとでメアリの昔の話を聞かせてやろう。まだ僕に心を開いていない尖《とが》っていた頃の話だ」

「ありがたき幸せ。永遠の忠誠を伯爵様に」

流れるような動作で膝をつくクーデル。

思い出話でそこまでの忠誠がいただけるとは思わなかった。

「おいやめろ馬鹿伯爵」

額に青筋を浮かべて詰め寄ってくるメアリ。

キャッキャしてる僕らと対照的に、事態が呑《の》み込めずオロオロしているのは当事者であるはずのエリクス。

「え？　あの、一体どういうことでしょう？」

「エリクス。僕、レックス・ヘッセリンクはお前を家来衆の列に加えたいと思っている。雇用条件はのちほどハメスロットから伝えさせる。数日間考える猶予を与えるのでよく検討して我が家に仕えるか否かを回答しろ」

国を代表する大貴族、レックス・ヘッセリンク伯爵に家来衆の列に加えたいと言われ、そのまま屋敷に留め置かれました。本来なら不法侵入者として処分されてもおかしくないところだというのに、暖かい布団と信じられないくらい上質な食事を用意していただいています。

ヘッセリンク伯爵家に仕えるかどうかを数日考えて決めろと言われましたが、未だに答えは出ていません。

十貴院に名を連ねるヘッセリンク伯爵家に仕官できれば、確実に夢に一歩近づけるのでしょう。しかし、護呪符の研究だけではなく文官としての役割も与えられることになるとなれば、研究に割く時間が減ることは避けられません。

そんなことを考えながら自由に歩くことを許されている屋敷内を散策していると、廊下の先から黒ずくめの人物がやってくるのが見えました。

メアリさんです。伯爵様の従者を務める美しい少年で、自分より少し年下なはずなのにその立ち居振る舞いは自分の知る同年代とは比べ物にならないほど貫禄《かんろく》があります。

「あの！　メアリ、さん？　少しよろしいでしょうか」

「あ？　ああ、エリクスか。なんだ？　拘束したことについての恨み言なら聞かねえぜ？　あれが俺の仕事だからよ」

思わず声をかけてしまいました。メアリさんは自分に声をかけられたことに不思議そうな表情を浮かべましたが、小首を傾げつつ肩をすくめてみせます。

「いえ、そのことは完全に自分が悪いので。そうではなくてですね」

「はいはい。聞きてえのは、ここで仕事するのはどんな感じ？　ってとこだろ。いいとこだぜ？　フィルミーの兄ちゃんにも言ったことあるけど、収入は十分だし、同僚は気のいい奴らばかりだし、飯も美味《うめ》え」

言葉に詰まる自分に先回りして有益な情報を与えてくれます。顔だけでなく、頭もいいのでしょう。流石は大貴族の従者殿です。

「なるほど。いえ、それも聞きたいことではあるのですが、そうではなくてですね、そのなんというか」

「伯爵様の為人《ひととなり》かい？」

それまでとは違う光が眼《め》に灯《とも》るのがはっきりと感じられました。

言語化するなら、剣呑《けんのん》でしょうか。

ここからは言葉を選べよ？　と威圧されているかのようです。

「……はい。貴族様の為人を探るなんて不敬だということくらいわかっているのですが、自分が知っている伯爵様は人伝いに聞いたおよそ現実的とは思えない、その」

化け物じみてる。

それが本音なのですが、それを伝えたらどうなるかわからず言葉を詰まらせてしまいました。

「噂《うわさ》の中の兄貴は化け物だからな、言いてえことはわかるよ」

化け物は禁句ではないようです。

「そうなんです。学院生時代には派閥の長《おさ》として公爵家嫡男を従えていたとか、気に入らない貴族の当主に召喚獣を嗾《けしか》けたとか、あの伝説の暗殺者組織闇蛇を壊滅させたとか……」

どれもこれも現実味がないのに、そこかしこで真実として語られているそれらが、自分の中の伯爵様の人間像をぼやけさせていました。

「あー、完全に嘘ばかりじゃねえわ。少なくとも公爵家嫡男の件と闇蛇潰した件は真実だぜ？」

まさかの肯定です。

しかも、一番荒唐無稽なはずの闇蛇壊滅を肯定されてしまいました。

「いやいや！　闇蛇ですよ!?　自分みたいな田舎者でも聞いたことのある、国を裏から支配していたとも言われた、あの伝説の闇蛇！　もちろん伯爵様がお強いことを疑うわけではありませんが」

「本当本当。闇蛇にいた本人が言うんだから間違いねえって」

え？

「……え？」

「隠してねえから教えとくけど、俺とクーデルは元闇蛇の暗殺者なんだわ。あと、アデルおばちゃんとビーダーのおっちゃんも裏方だけど闇蛇にいた。どうだい？　伝説を目の当たりにした感想は」

アデルさんというと、あの優しげなおばさんですよね？

ビーダーさんは食堂で働く元気なおじさんだったかと。

え、あの方々が闇蛇？

「まさか、そんな、本当に本物ですか？　いや、だけど」

「ま、証拠なんかないいんだけどな」

そう言って美しい笑顔を浮かべたメアリさんを見て、嘘じゃないいんだと悟りました。

本物だ。本物の闇蛇が目の前で笑ってる。

鼓動が速くなるのを感じながら口を開こうとする自分を見て、メアリさんがまた可笑《おか》しそうに笑います。

「どうした？　顔が強張ってるぜ？」

それはそうでしょう。

その気になれば自分の命を簡単に奪える存在。

それが世に知られている闇蛇への評価です。

「大丈夫大丈夫。俺もクーデルも、ついでに言えばオド兄やフィルミーの兄ちゃんも。兄貴に敵対さえしなけりゃ事を起こすことはねえから安心しなよ」

「……もし、万が一敵対するようなことになれば？」

「頭のいいあんたならわかるはずだけど、具体的に言おうか？」

聞きたくない。しかし、ここまで来たら引き返すことすら危うい。

うっすらと笑う美しい少年に恐怖を感じながら、覚悟を決めました。

「お願いします」

それを聞いて、唇の端を吊り上げてニヤリと笑うメアリさん。

「あんたが生まれ故郷を豊かにする未来はなくなる。それだけさ」

やはり聞かなければよかった。そう後悔しながらも、なんとか震える膝を叱咤《しった》します。

「脅しでは、ないのでしょうね。命のやりとりなどしたことのない自分でも、メアリさんの目を見ればわかります。それほどの方なのですね、伯爵様は」

「他の兄さん方はどう考えてるか知らねえけど、少なくとも俺は兄貴の敵を生かしておくつもりはねえな」

強い覚悟の中に垣間見《かいまみ》えたのは伯爵様への高い忠誠。

きっと、伯爵様に捧《ささ》げられた忠誠こそ、ヘッセリンク伯爵家の強さの秘訣《ひけつ》なのでしょう。

「……俺からも一ついいかい？」

「え、あ、はい。自分で答えられることならなんなりと」

「何を迷ってるんだ？　あんたの願いを叶えるためにはヘッセリンクに仕えること以上の近道はねえ気がするんだよなあ。贔屓目《ひいきめ》抜きでな。護呪符だっけ？　魔獣の素材がいるんだろ。その供給量で言えばうちはレプミア一だ。流通したもんを買おうと思えば結構な金額になると思うけど、ハメス爺に聞いたら、給料の他に魔獣の素材は別途支給って言うじゃねえか。他の家に仕えたら給料の大半が消えちまうだろ。それなのにあんたは何を迷ってる？」

痛いところを突かれました。メアリさんが言うことは全て正論です。

ヘッセリンクに仕えることが夢への近道だということは、誰の目から見ても明らかだと、自分でも理解しています。しかし、この時はそれを改めて突きつけられて頭に血が上ってしまいました。

思い返すと恥ずかしくて穴があったら入りたい。

「それは、自分がやりたいのはあくまでも護呪符の研究であって、人生をその研究に充てたい。文官の仕事を任されてしまえば、その時間が減ってしまう」

「なんだ、ただの我儘かい。くっだらねえ」

そんな自分を遠慮なく言葉でぶん殴ってくるメアリさん。膝がガクガク震え、立っているのがやっとです。そんな自分にさらに追撃が加えられます。

「いや、馬鹿かお前。その条件捨てられねえから今の今まで仕官先が決まらずこんな辺境まで来て死にかけてたんだろうよ。それなのにまだ研究だけしたいですとか言ってんの？　はあ……残念。お前はダメだな」

冷たい目です。これまで護呪符研究を諦めない自分を馬鹿にする目には晒《さら》されたことはありますが、それには反発することができました。

貴方になにがわかるんだと、いつか有用性を認めさせてやると向上心に昇華させてきたのです。

だけど、メアリさんの目は明らかにそれとは違いました。

馬鹿にする価値もないと、まるで虫ケラを見るような目で自分を見つめているのです。その恐怖と言ったら、森で魔獣に襲われた時の比ではありませんでした。

「力もねえ、金もねえ、後ろ盾もねえ。悪いけど、このままだとどっかの悪徳貴族に技術だけ奪われたうえで夢だけ抱えて野垂れ死ぬ未来しか見えねえぜ？」

想像し得る最悪の未来です。

この時点でもう倒れる寸前でしたが、自分にも意地というものがあるのです。そんななけなしの意地を振り絞り、最後の抵抗を試みました。

「ヘッセリンク家が、それをしないという保証があるのですか!?」

「勘違いするなよ？　兄貴が魅力を感じてるのはお前の頭だ。護呪符《そんなもん》はオマケでしかねえの。わざわざ国との火種になるような技術、あの人は欲しがらねえよ」

抵抗虚《むな》しく膝から崩れ落ちる自分を見て、深くため息をついたメアリさんはそのまま長い廊下を去っていきました。

「伯爵様！　自分を、ヘッセリンク伯爵家、家来衆の末席に加えてください！　今すぐに！　ハメスロットさん、自分を、一流の文官に鍛え上げてください！　さあ、早く!!」

エリクスを保護して三日目の朝。相変わらず癖っ毛の若者が鼻息も荒く執務室に乗り込んできた。すっげえテンションだな。昨日まではこっちが心配になるくらい大人しかったのにこの変わりようはなんだ。

「落ち着けエリクス。どうした。昨日までだいぶ悩んでいたみたいじゃないか。僕が言うのもなんだが、お前の人生と夢がかかっているんだ。結論を急がずゆっくり考えてくれていいんだぞ？」

貴族らしく余裕を見せてみてもエリクスの興奮は収まらず、むしろさらに一歩踏み込んでくる始末だ。

「お気遣いいただき感謝の言葉もありません。しかし、もう決めたことです。と言いますか、目が覚めたのです。我儘。そう、今まで自分を縛っていたのは自分自身の我儘だったと気付きました。……いえ、違いますね。気付かせてもらった、でしょうか」

エリクスが熱い眼差《まなざ》しを向けたのは僕の後ろ。そこにいるのはもちろん美しすぎる暗殺者だ。なにをやらかしたんだこのやんちゃ坊主め。

「メアリ。説明しろ」

振り返ると、いつもの悪びれない表情で肩をすくめてみせる。これは口を割るつもりはないですというサインだ。

「いやいや、別に何もしちゃいねえぜ？　少しヘッセリンク家について廊下で立ち話をしただけで、エリクスの進路を決定付けるような深い話なんかしちゃいねえよ。なあ？　エリクス」

ほらね。

ならばとエリクスに視線を移すと、こちらも首を縦に振ってみせる。息ピッタリだな。

「ええ、メアリさんの仰るとおりです。ただ、その立ち話の中に気付きがあった。それも大きな気付きが。それだけです」

気付き、ね。エリクスの中で絶対に譲れないはずだったものが一晩で氷解するくらいの気付きを、そう簡単に得られるもんかね。

「お前がいいのなら僕からどうこう言うのは控えるが……後悔はしないか？　こちらが提示した条件はお前がこれまで頑《かたく》なに拒んでいた研究以外の職務を前提としている。しかも頭数が揃っていないからな。恐らく、いや確実に研究にかける時間は今よりも少なくなるだろう」

我が家的に腐られても困る。そしてこんなに優秀な人材を腐らせるのもよろしくない、これは対外的に。

今日現在、この国で彼を一番上手く使えるのはヘッセリンク家で間違いないと思うけど、あくまでも彼自身に前向きな意思をもって提示した条件を受け入れてもらう必要性がある。

後で実は文官やるのは嫌だけど妥協しましたなんて言い出されたら目も当てられないからね。

そう思ってのやや意地悪な質問だったけど、エリクスは微塵《みじん》も揺るがず、ただ真《ま》っ直《す》ぐに立っていた。

森に隠れて震えてた天パの少年と本当に同一人物か？　男子三日会わざれば刮目《かつもく》して見よなんて諺《ことわざ》をそのまま体現してみせるなんて思わなかったな。

「構いません。研究の道が閉ざされるわけではないですし、これまで手に入れることのできなかった素材を支給していただけるのでしょう？　むしろ短時間だからこそ、より密度の濃い研究になるはずです」

「ふむ。自棄《やけ》になっているわけではないのだな？　文官の確保は我が家にとって最優先事項だ。そこにお前という最適な人材が転がり込んできたのだからぜひ期待したい。だが、自らの思いを殺して嫌々我が家に雇われるつもりであれば無理強いをするつもりはない」

「お優しいのですね伯爵様は。まだ家来衆でもない、ただの不法侵入者でしかない自分にまでそのようなお言葉をいただけるなんて」

あまり知られてないけど優しいんだよ僕は。ぜひ広めてほしいものだ。

あ、諜報網構築担当の元闇蛇の四人にレックス・ヘッセリンクは実はいい人っていう噂を流させるのはどうだろうか。

我ながらいいアイデアだな、ある程度の諜報網ができたら試しにやってみよう。

「魔人だからな、この伯爵様は。噂どおりだろう？」

やっぱりだめだ。よく考えたら身内も僕のことを魔人認定してるのに今更不特定多数の印象をコントロールできるはずがない。

この無礼な弟分をあとで減給に処してやろうと考えていると、メアリの軽口に笑顔を見せていたエリクスが表情を引き締めて膝をつき、胸に右手を当てて頭を下げた。

「自分は魔人と呼ばれる伯爵様の庇護《ひご》下に入ることが研究完成への最短距離だと確信しています。それに、ここにはこれまで受けたことのない刺激を与えてくれる素晴らしい同僚がいる。改めてお願いいたします。自分を、ヘッセリンク伯爵家の末席に加えてください。必ずや魔人レックス・ヘッセリンク様のお役に立ってみせます！」

素晴らしい主《メアリ》に同僚ね。

ハメスロットが僕に向かって浅く頷いてみせる。その意味は、『及第点には達した』だろうか。

これから直属の上司になるハメスロットが許可を出したなら僕が反対する理由はもうないな。

「いいだろう。僕、レックス・ヘッセリンクが認める。エリクスよ、我が家の家来衆の末席に座り、発展のために力を尽くせ。その対価に、僕が護呪符研究の後ろ盾になってやる」

「ありがとうございます。ありがとうございます！」


【おめでとうございます！　忠臣が閣下の配下になりました！

忠臣を解説します。

《学者　エリクス》
一を聞いて十を知る。誰に教えられたわけでもなく独力でその境地に辿り着いた秀才。故郷を豊かにするためならば護呪符というマニアックな分野に飛び込むなど強い精神を持ち合わせている】

元闇蛇の三人に加えて、若手文官候補のエリクスを採用し、順調に人手不足の解消が進んでいる。

この調子で、妙な事件が起きる前に必要な人材を必要な数スカウトできるよう手を尽くさないとな。

そう意気込む僕に、ある日国都から一通の手紙が届く。

差出人は、ヘラ・ヘッセリンク。

僕の妹からだった。

家臣に恵まれた
\ 転生貴族の /
幸せな日常

KASHIN NI
MEGUMARETA
TENSEIKIZOKU NO
SHIAWASE NA
NICHIJOU

『我がヘッセリンク家はあんたを正式にお招きするつもりでいるから。アルテミトスより命の危険は格段に上がるが、その分給金は悪くねえ。同僚も気のいい連中ばかりで妙な諍《いさか》いも皆無。それに、なんたって雇い主は世界一の男だ。少なくともおたくのバカ殿みたいに斥候職を下に見たりは絶対にしない』

アルテミトス侯爵家からヘッセリンク伯爵家に転籍してきて感じたのは、あの時メアリが私の首筋に刃物を押し付けながら言った台詞《せりふ》が、一言一句違《たが》わずそのとおりだったということだ。

命の危険が格段に跳ね上がる。

これについては本当に毎日感じている。

屋敷から少し歩けば、そこはもう魔獣の棲家《すみか》という人外魔境。

アルテミトスも田舎《いなか》の方に行けば野生の鹿や猪《いのしし》くらい出るが……、森に出た初日に脅威度Aの魔獣に出くわして死ぬかと思ったのはいい思い出だ。いや、オドルスキ殿がいなかったら死んでいたことを考えると忘れたい思い出とも言えるか。

アルテミトス侯爵家で隊長職に就いていた身として腕に一応の覚えはあったものの、ジャンジャック殿やオドルスキ殿の技を目の当たりにして、私の技量など魔獣の棲《す》む森では児戯に毛の生えた程度のものだと思い直した。

特にジャンジャック殿は、なぜあの刃渡りの剣であのサイズの魔獣を両断できるのか。謎だ。

そんな化け物達《たち》と比べるべくもない凡人の私が、どうやってヘッセリンク伯爵家に貢献したものかと悩んでいたところ、なんと伯爵様自ら声をかけていただいた。

声掛けの内容は実に単純で、曰《いわ》く、自分にできることをやればいいと。

単純すぎるが故にそれはそれで悩む結果となったが、人外揃《ぞろ》いの戦闘員以外の平時の安全を守れるよう、警戒を密にすることに辿《たど》り着《つ》いた。

結局、私にできるのは斥候として培った技術と経験を生かすことだけだ。

伯爵様にそのように伝えると、満足そうに頷《うなず》いてくださったのできっと正解だったのだろう。戦う力を持たない家来衆が安心して生活できるように、森の浅い層から中層あたりを重点的に警邏《けいら》し、脅威度の高い魔獣の痕跡を見つけたら戦闘員に報告する。

決して無理はしない。

もちろん脅威度の低い小型の魔獣なら私が駆除するが基本はオドルスキ殿に駆除を依頼するようにしている。

次に同僚。

これはもう素晴らしいと言わざるを得ない。

鏖殺《おうさつ》将軍ジャンジャック殿と東国の聖騎士オドルスキ殿という二人の生ける伝説が揃《そろ》っているだけで反則だ。

国内外にその名を轟《とどろ》かせる功績を持つというのに、二人して未《いま》だに進化を諦めないその姿には感動すら覚える。

そんな姿に触発された勢いでジャンジャック殿に指導を願い出たところ、快く受け入れてくださったが、新兵時代並に地面に転がされていることはメアリやクーデルには内緒にしている。

そんなメアリとクーデルの元闇蛇所属の暗殺者達。

黙っていれば人形のように美しい二人も、毎日をその技術の練磨に充てている。

特に、メアリの貪欲さには頭が下がる思いだ。

いつの間にか私の警邏に同行してくれるようになったのだが、それも斥候の技術を吸収するためだという。

「爺《じい》さんやオド兄が喜んでたよ。兄ちゃんが魔獣の痕跡からおおよその場所を割り出してくれるから狩りの効率が段違いだって。俺も斥候の真似事《まねごと》はするけど、本職を目の前にすると今までのはおままごとだったんだって実感するわ。視線移動の速度と頻度が普通じゃねえよ。常識人っぽく見せてあんたも普通じゃなかったんだな」

いつだったかそんなことを言うメアリに背筋が寒くなった。

誰が教えられもせずに斥候兵の視線を追うというのか。追うなら足元や身のこなしだろう。

それを真似して身につけて、それでも何かが足りないと感じて、ようやく視線の動かし方に辿り着くものなのだが、初めからそこに気付かれては商売上がったりだ。

まあ、この恐ろしい技術を持つ美しい化け物に、化け物と呼ばれることは名誉なことなのだろう。クーデルは……まあメアリが絡まなければ可愛《かわい》い子だとは思う。

メアリが絡んだ瞬間に見せる狂気は、流石《さすが》ヘッセリンク伯爵家の家来衆といったところだ。

伯爵様には、あれと一緒にするなと怒られるかもしれないな。

非戦闘員も素晴らしい人達ばかりだ。

アリス嬢の屋敷の維持にかける熱意やマハダビキア殿の異常とも思える料理の腕など挙げ出したらキリがない。

それでも強いて触れるならばユミカの存在だろう。

あの子は天使だ。

先日などは、あの堅物ハメスロット殿まで含めた男性陣全員でユミカの可愛さをつまみに朝まで飲み明かしてしまった。

みんなして叱られたなあ、伯爵様に。

「なぜ僕を呼ばない？　ユミカの可愛さを語り合うその場に僕がいないのはおかしいだろう。オドルスキ、どういうことだ？」

普段穏やかな伯爵様の鬼の形相に全員生きた心地がしなかったが、そんな伯爵様の存在こそ私がヘッセリンクに転籍した最も大きな理由だ。

魔人レックス・ヘッセリンク。

悪趣味と言わざるを得ない金塊の意匠を施した深緑の外套《がいとう》があれほど似合う貴族はヘッセリンクを置いて他にないだろう。

その長く深い歴史の中でも、最も魔を孕《はら》んだうちの一人と噂《うわさ》されていたのが伯爵様だった。

学生時代にはあのクリスウッドの麒麟《きりん》児《じ》やサウスフィールドの後継者を配下に従えて一強と呼べる派閥を作り上げ、卒業後も闇蛇の壊滅から高脅威度魔獣の連続討伐などその逸話は枚挙に暇《いとま》がない。

ガストン様の暴走をお止めするために御前に立った際には、人間というものは本物の恐怖に直面すると脂汗と冷汗が同時に出るのだなと、可笑《おか》しく思ったものだ。

そんな圧倒的な力を持つ男が、アルテミトス侯爵の持つどんな土地よりも私を選んでくださった。

その事実を思い返すと身体中《からだじゅう》の血が熱くなるが、今でも伯爵様の御前では緊張を完全には隠せていない。

自分では隠しているつもりなのだが、先日イリナ嬢に笑われてしまった。

頬《ほお》が固いですね、と。

若い娘に気付かれるくらいなので他の家来にも気付かれているだろうが、追々慣れていこう。

ある日の夜、最近新たにヘッセリンク伯爵家に加わったハメスロットさんが私の部屋を訪ねてきました。しかも酒瓶を持って。

何事かと思いましたが、家来衆のなかでは唯一の同世代であり、やむを得ず私が担っていた内向きの仕事を一切合切引き受けてくれた恩人です。

笑顔で迎え入れ、愛用の杯をふたつ用意しました。

カニルーニャ伯爵家の家宰を務めていたこともあり、着席即本題というような話の運び方はせず、緩々と酒を酌み交わしながら他愛《たわい》もない話で時間を潰します。

そして、お互い酒の力も借りて温まったところで、機を逃さず自然と主題に話を移していきました。

彼が聞きたかったこと。

それは、我らが主《あるじ》レックス・ヘッセリンクとは何者なのか、でした。

「レックス様の力の根源、ですか？　ふむ。難しい質問ですな……。私も若い頃は国軍で数多くの強者を目の当たりにしてきました。それこそカナリア公爵ロニー・カナリアは一人の武人としても、軍を率いる統率者としても群を抜いていましたね。しかし、ヘッセリンクはそういうものではないのです。例えばレックス様のお父上」

「ジーカス・ヘッセリンク前伯爵ですか。槍《やり》を使わせたら並ぶ者なし。その身一つで巨大魔獣を屠《ほふ》り続けた話を聞くたびに、ワクワクしたものです」

魔法使いの一類型である召喚士として活躍するレックス様とは真逆の力。

おそらく、槍を振るえばジーカス様に並ぶ者は歴史上存在しないでしょう。

「ええ、ええ。ジーカス様の槍捌《さば》きはこのジャンジャックをもってしても、ようやく追い切れるほどでした。まさに神速。先々代や当代と比べると魔力量は多くないと仰《おっしゃ》っていましたが、その魔力を全て身体強化に注ぎ込むことで圧倒的な膂力《りょりょく》を得ていらっしゃった」

ヘッセリンク伯爵家に仕えてから、まだ年若いジーカス様に何度転がされたでしょうか。その度に魔人の名は伊達《だて》じゃないと思い知らされたものです。

「そういう意味ではお嬢……、奥様が最も近いでしょうか。奥様は実際に魔法も使いますが、身体強化の術もお得意ですから」

まだ奥様と呼ぶのに慣れていないようですね。まあ、お子様が生まれるまではお嬢様と呼んでもいい気がしますが。

「我が家で言うと奥様、そしてオドルスキさんがジーカス様に近しいタイプでしょうね。そのお二人やメアリさん、クーデルさん、それに憚《はばか》りながら私を含めたところがヘッセリンク家の戦力と言えるでしょうが、さて。ここで一つ問題を出しましょう」

意識的にニヤリと唇を吊り上《あ》げながら言うと、ハメスロットさんの眉間に皺《しわ》が寄ります。

「問題？」

「ええ。簡単な問題です。レックス・ヘッセリンクと我々家来衆が真正面から戦闘を行ったら、勝つのはどちらでしょうか？」

「……鏖殺将軍に東国の聖騎士、若くも凄腕《すごうで》の暗殺者が二人、そこに奥様。いや、流石に伯爵様でも勝つのは難しいのでは？」

「根拠を述べられますか？」

ハメスロットさんに限って当てずっぽうということはないでしょうが、念のために確認すると、詰まることなくスラスラと答えが返ってきました。

「伯爵様の召喚される魔獣は大魔猿、ドラゴンゾンビ、それにクリムゾンカッツェの三体だと聞き及んでいます。であれば、ジャンジャック殿、オドルスキ殿、奥様で魔獣を抑えている間にメアリ殿とクーデル殿の二人で伯爵様を抑える」

ハメスロットさんらしい実に堅実な策です。多少面白みに欠けますがね。ヘッセリンクをよくご存《ぞん》じでない方々に聞けば、百人中百人がそれに近い答えを出すでしょう。

「では正解を発表します。百度戦って百度、我々家来衆が全滅する」

「……まさか」

冷静な彼には珍しく、目を皿のように見開きました。どうやら驚いてくれたようですね。

「そう。まさかです。当代のヘッセリンク伯爵家の戦力は決して悪くありません。私のような老体を除いても世界一を争える力を持つオドルスキさんがいます。そして成長著しいメアリさん、彼に追いつこうと努力を重ねるクーデルさん。斥候としては国内有数の技術を有するフィルミーさん」

ふむ。改めて口にしてみるとやはり悪くない。ハメスロットさんも異論はないようで、深く頷きます。

「数が少ないのは心配ですが、一人一人の質は非常に高い。それでもなお伯爵様一人に負けると仰る？」

「負けるでしょうな。それも完膚なきまでに。以前レックス様の召喚獣をご覧になりましたね？もし、あれがまだ本気でないとしたら……」

「冗談でしょう！　率直に言って私は野生の魔獣などよりも伯爵様の召喚した魔獣に対して恐怖を覚えました。それなのに、あの上があるというのですか？」

奇遇ですね。私も野生の魔獣よりもレックス様のそれが恐ろしい。

あれは、また違う何かだと思ってすらいます。

「恐ろしいでしょう？　学生時代のレックス様は召喚術を使用する際、常に全力を振り絞っていらっしゃいました。複数の魔獣を使役する都合上そうする必要があったのでしょう。しかし、上級召喚士に昇格されてからはだいぶ加減をされているようです。もしレックス様が昔のように本気で魔力を振り絞り召喚獣に注ぎ込んだとしたら、私やオドルスキさんでも止められないでしょう。といいますか、そんなレックス様を止められる勢力がこの世にあるのやら……」

レックス様対家来衆どころか、レックス様対世界でも惨敗する主の姿が思い浮かびません。まあ、これは多分に贔屓目《ひいきめ》を含んでいるからなのでしょうがね。

「国単位で動けばもしかしてというレベルですな」

「然《しか》り。それで、ハメスロットさんの質問はレックス様の強さの根源でしたね。結論付けるとしたら、わからないと言ったところです。ああ、強さの理由なら説明がつきますよ？　まずは人の身にあらざる魔力保有量とそれを活《い》かした召喚術。次に、異常ともいえる胆の太さとその胆力に起因したお人柄。最後にヘッセリンク伯爵家当主に共通した素質である」

「狂気、ですね」

鏖殺将軍などという全くありがたくない二つ名を持つ私から見ても頭のネジが緩い、というか元々備わっていないのではないかと疑いたくなる行動の数々。それを狂気と言わずなんと呼ぶのか。

「御名答。先代ジーカス様も豪胆で細かいことを気にされない方でしたが、やはり魔人かと感じさせる部分がありました。身近なところですと……メアリさんを雇用した経緯は？」

私の問いかけに、浅く頷くハメスロットさん。まあ、カニルーニャ伯爵家の元家宰殿が知らないわけがないですか。

「聞き及んでおります。先代の命を狙ってジャンジャック殿とオドルスキ殿に取り押さえられ、旦那様の進言で助命されたとか。その条件が旦那様単身での闇蛇討伐。何度口にしても冗談にしか思えません」

冗談にしても全く笑えない質《たち》の悪い冗談ですがね。

「まあ、その家に喜んで雇われているのです。結局物好きなのですよ。私だけではなく貴方《あなた》もね」

私の指摘に珍しく深い笑みを見せたところをみると、悪い気はしていないのでしょう。

「否めませんね。元々は奥様のお世話のために転籍してきたのですが、なかなか刺激的な毎日を送っています。この歳《とし》になって王太子殿下の応対をしたり、十貴院からの脱退に携わることになるとは。人生とはわからないものです」

普通ならどちらも御免蒙《こうむ》りたいような出来事でしょうに。それを楽しみ始めたらあとはもう正しいヘッセリンクへ一直線ですよ？　個人的にはもちろん大歓迎ですが。

「私としてはハメスロットさんに来ていただいて非常に、非常に助かっています。長年やむなく執事業に注力していましたが、最近は定期的に森に出ることができています。身も心も引き締まって若返ったようです」

「はっはっは！　往年の鏖殺将軍様の復活ですか。これは近隣諸国が震え上がりますな。逆に我々世代は英雄の復活に心躍らせるでしょう」

「大袈裟《おおげさ》です。まあ、まだまだ元気でいなければいけないでしょう。何と言ってもレックス様と奥様のお子様を立派なヘッセリンクにお育てするという人生のなかで最も重要かつ困難な仕事が待っているのですから」

レックス様のお子様。想像しただけで感動で震えが止まりません。大恩あるジーカス様のお孫様を、完全無欠のヘッセリンクにお育てするお手伝いができるとは、これほどの名誉があるでしょうか。

「それは確かに。伯爵様に言われました。奥様のお子様を抱かずに死ねるのか？　と。まだまだお互いに死ねませんな。さて、私は四人組に人材発掘の進捗を確認するための文を送るとしましょう。伯爵様に役に立つと思ってもらわねば」

「私も朝から森に出てきます。フィルミーさんが大型の魔獣の痕跡を見つけてきたのでね」

家臣に恵まれた \ 転生貴族の / 幸せな日常

KASHIN NI MEGUMARETA TENSEIKIZOKU NO SHIAWASE NA NICHIJOU

MFブックス

家臣《かしん》に恵《めぐ》まれた転生《てんせい》貴族《きぞく》の幸《しあわ》せな日常《にちじょう》 2

2024年6月25日　初版第一刷発行

著者　企業戦士
発行者　山下直久
発行　株式会社KADOKAWA
〒102-8177　東京都千代田区富士見2-13-3
0570-002-301（ナビダイヤル）
印刷・製本　株式会社広済堂ネクスト
ISBN 978-4-04-683710-3 C0093

担当編集　並木勇樹
ブックデザイン　鈴木 勉(BELL'S GRAPHICS)
デザインフォーマット　AFTERGLOW
イラスト　とよた瑣織

本書は、2022年から2023年にカクヨムで実施された「第8回カクヨムWeb小説コンテスト」で特別賞（異世界ファンタジー部門）を受賞した「家臣に恵まれた転生貴族の幸せな日常。」を加筆修正したものです。

この作品はフィクションです。実在の人物・団体・事件・地名・名称等とは一切関係ありません。

赤ん坊の異世界ハイハイ奮闘録
そえだ 信
イラスト：フェルネモ
不作による飢餓、害獣の大繁殖。
大ピンチの領地を救うのは、赤ちゃん!?
体力担当の兄・ウォルフと、頭脳担当の赤ん坊・ルートルフ。
次々と襲い来る領地のピンチに、
男爵家の兄弟コンビが立ち上がる!!
がんばる2人を応援したくなる、領地立て直しストーリー!!
MFブックス新シリーズ発売中!!

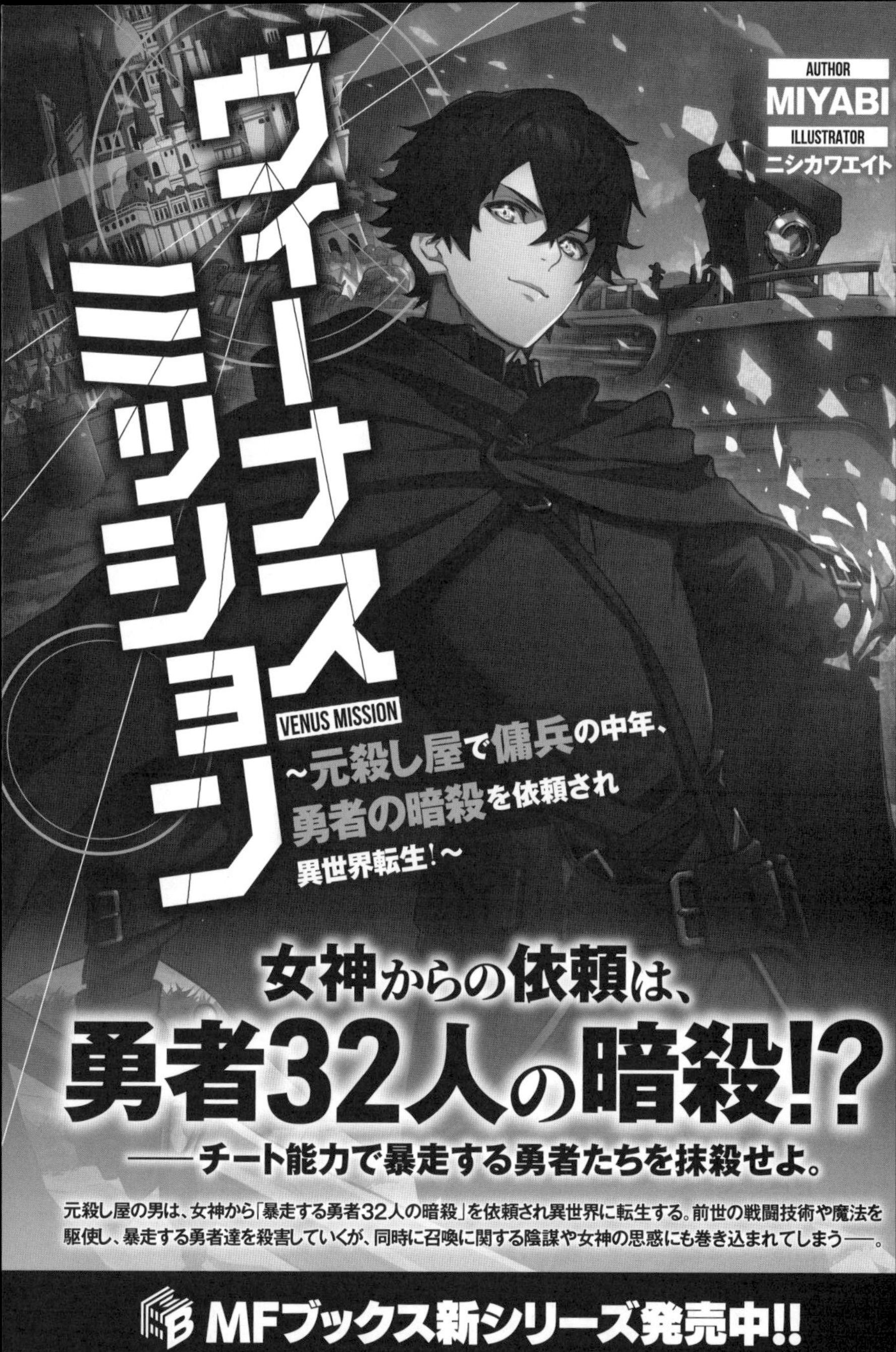
AUTHOR
MIYABI
ILLUSTRATOR
ニシカワエイト
ヴィーナスミッション
VENUS MISSION
~元殺し屋で傭兵の中年、
勇者の暗殺を依頼され
異世界転生！~
女神からの依頼は、
勇者32人の暗殺!?
——チート能力で暴走する勇者たちを抹殺せよ。
元殺し屋の男は、女神から「暴走する勇者32人の暗殺」を依頼され異世界に転生する。前世の戦闘技術や魔法を駆使し、暴走する勇者達を殺害していくが、同時に召喚に関する陰謀や女神の思惑にも巻き込まれてしまう——。
MFブックス新シリーズ発売中!!

勇者じゃなかった回復魔法使い
〜暗殺者《アサシン》もドン引きの蘇生呪文活用法〜
はらくろ
illust. 蓮深ふみ
お人好し回復魔法使いの、
自由でのんびりな
異世界交流記。
STORY
『勇者召喚』で異世界に呼び出されたものの、勇者ではなかったタツマ。彼は駄目属性と笑われた回復魔法で生活を確立し、困っている人のために立ち回る。「報酬はね、串焼き5本分。銅貨10枚でどうかな？」
MFブックス新シリーズ発売中!!
MFブックス